CLAROSCUROS

Liliana Galvanny

DESVÁN
Editorial

CLAROSCUROS

Segunda edición, octubre 2014

ISBN: 978-84-943019-3-3
ISBN e-book: 978-84-943019-7-1
Depósito legal: S.500-2014

Web de la editorial: www.desvaneditorial.com

Ilustración de portada: Sandra Martínez
Ilustraciones: Sarah Degel y Ana Martín Tapia
Maquetación: Mario Lucas
Corrección: Antonio José Rodríguez
Editor: Alberto Blanco

Desde que recuerdo, voy detrás de mi imaginación cazando historias. Pero a veces, son ellas las que me cazan y acabo atrapada en sus redes sin poder soltarme, por más que lo intente, hasta que les doy vida.

A mi inspiración dormida, que cuando despierta, renace de sus cenizas.

«Era escritor y pensaba que escribía sobre el futuro, pero realmente escribía sobre el pasado».

(WONG KAR-WAI, 2046)

NOTA DE LA AUTORA

Si soy sincera, jamás tuve la idea de escribir un libro de relatos, nunca se me pasó por la cabeza. Pero mi inspiración decidió por mí y, un buen día, me dictó una historia que escribí casi del tirón.

Mi mente estaba inquieta, algo que me ocurre muchas veces, y, en esos momentos, no puedo parar de escribir, no puedo evitar coger un bolígrafo y descargar su tinta sobre la primera hoja que encuentro.

Me ocurre casi siempre que, cuando empiezo, no sé qué derroteros van a tomar mis historias, pero me dejo guiar por mi musa sin oponer resistencia.

«Silencio se escribe con H» fue la primera y después vinieron todas seguidas, enlazando la escritura de unas con otras e incluso escribiendo varias a la vez hasta conformar este mundo de luces y de sombras.

Mi inspiración ahora duerme, pero estoy segura de que está soñando historias para contarme cuando despierte.

ÍNDICE

PRÓLOGO

Todo lector que se precie ha de tener en su mesilla este libro cuyo título ya nos sugiere misterio.

Como la vida misma, nuestra existencia discurre por un camino que se mueve entre luces y sombras, en claroscuros que no nos dejan ver lo que hay al final del túnel, con esa duda que nos corroe desde el mismo momento en el que nacemos, pues esta es una de las impresiones que te deja la obra al final de su lectura.

A pesar de su juventud, Liliana es una escritora de raza que crea, dentro de una atmósfera de intriga, personajes muy variopintos y multitud de problemas y dudas perfectamente trasladables a la sociedad en la que nos ha tocado vivir. De hecho, juega con todos nosotros al despiste, pues la tónica general en los veintiún relatos es el mundo de la paradoja, de las constantes contradicciones que acucian al ser humano.

Sería imposible resumir los diversos temas que se tratan en esta magnífica antología; un claro ejemplo de ello sería hablar de la violencia de género, la enfermedad del Alzheimer o la soledad de las personas en medio de la era tecnológica. El ritmo de esta obra es vertiginoso; si a ello le añadimos la prosa poética que corre por las venas de Liliana, la mezcla no puede ser más explosiva.

Si tuviera que destacar una de las innumerables virtudes de nuestra autora, sería ésta: el excepcional tratamiento de los miedos, de los fantasmas internos que atormentan a los seres humanos. Sus personajes viven en la cuerda floja, rozan el abismo, aunque siempre se vislumbra un atisbo de esperanza. Todos son piezas perfectas de un rompecabezas que encaja a la perfección. Si a ello le añadimos la miscelánea de géneros que aparecen, estamos hablando de uno de los mejores libros de relatos de este siglo. Permítanme que les recomiende con verdadera fruición uno de ellos; el que lleva por título El despertar de la memoria.

Estamos en presencia de una obra cuya estructura guarda un perfecto equilibrio, pues se compone de tres bloques ("A flor de piel", "Transición" y "Caos, confusión, enredos") con siete relatos en cada uno. De hecho, se trata de una reedición que incorpora cuatro nuevos. En definitiva, estamos hablando de un libro mejorado que me recuerda a aquellos discos antiguos remasterizados que no han perdido su identidad, su razón de ser.

Además, uno de los relatos que más me ha impactado es Noches rotas, muñecas rotas. Las protagonistas, con la oscuridad de la noche como principal testigo, reviven sus historias de amor y desamor. Liliana ha dado con la tecla mágica, que consiste en combinar diversidad de temas que tienen un nexo en común con esas muñecas: el dolor por la soledad, el rechazo, la incomprensión respecto a los problemas ajenos, el egoísmo del ser humano. ¿Nunca os habéis sentido como un muñeco de trapo en manos de los demás? Me temo que el silencio os delata.

La frescura y brillantez que caracterizan a nuestra autora resalta aún más porque traslada al lector a un mundo donde se mezclan la realidad y la fantasía. Liliana conoce a la perfección al ser humano en toda su dimensión. Por ello, me atrevería a decir que no solo estamos hablando de una escritora con un futuro prometedor, sino también de una excelente observadora de la realidad que nos rodea. Eso supone una dosis elevada de empatía e inteligencia emocional que no siempre está al alcance de cualquiera.

Por todo lo anterior, nada es lo que parece en esta excelsa obra. Nos encontramos ante un gris difuminado que representa un sinfín de dudas e inquietudes que nos acompañan a lo largo de su lectura.

Liliana no nos puede dejar solo con este sabor de boca. Todos sus lectores reclamamos más relatos y que las novelas guardadas en los cajones de su casa (me consta que tiene más de una) se conviertan en libros publicados por Desván Editorial.

Desde aquí mi más sincera enhorabuena y que las sombras de tu inspiración, de tus musas, no se queden dentro de la oscuridad.

Carlos María Cabrerizo Clavero

A FLOR DE PIEL

SILENCIO SE ESCRIBE CON H

La primera vez que me levantó la mano fue solo un gesto. Yo entré en cólera y, sin pensármelo dos veces, lancé toda su ropa, con perchas y todo, sobre la cama para que se fuera. Pero no lo hizo.

La segunda vez fue más que un amago.

La segunda vez su mano totalmente abierta abofeteó mi mejilla varias veces hasta que empezaron a sangrarme las encías y un calor creciente recorrió mi cara.

Después vino una tercera, una cuarta, una quinta...

Desde hace dos años, soy una mujer maltratada. Me paso las horas pensando si ese día estará de buen o mal humor, si me marcará con besos o con golpes.

A veces fantaseo con la idea de esconder un cuchillo bajo la almohada y atacarle con él la próxima vez que se acerque a mí con la intención de pegarme. Pero no lo hago, no soy capaz, aunque lo deseo con todas mis fuerzas cada vez que él me cubre el cuerpo con sus puños.

En ocasiones consigo que no me duela mientras me golpea, porque la rabia me llena y no me deja pensar en otra cosa, porque aprieto los dientes y lloro en silencio por tener que aguantar esto.

Pero después, cuando se cansa y me deja tendida en el suelo, en la cama o en el sofá; en ese momento sí duele. A veces me cuesta moverme porque tengo todo el cuerpo tan magullado que apenas puedo ponerme de pie.

Casi nunca me pega en la cara. Para que no se note, para que los demás no sepan el monstruo que vive en su interior.

Yo guardo silencio porque no tengo dinero ni familia ni dónde ir. Y él lo sabe.

Realmente, no entiendo por qué me pega si dice que me quiere. A veces es porque se me ha quemado la cena, otras porque llevo ropa demasiado ajustada para su gusto o porque me entretengo en la compra y llego a casa cinco minutos más tarde de lo que tengo por costumbre.

No entiendo esta manera de querer, pero él jura ante Dios y el cielo que soy el amor de su vida y que estaremos juntos para siempre.

Cuando me meto en la cama cada noche, con él a mi espalda, tiemblo sintiendo su aliento en mi nuca mientras duerme. Y entonces rezo para que uno de los dos no se despierte al día siguiente.

Siempre juré que yo jamás en mi vida aguantaría algo así de ningún hombre, que al primer intento le daría con la puerta en las narices.

Hoy me trago mis propias palabras y soporto en silencio las palizas y las malas palabras.

Hoy, él me ha quitado mi identidad, ya no soy nada.

Me levanto cuando él ya se ha ido a trabajar.

Desnuda frente al espejo del baño, observo mis muslos llenos de moratones que van cambiando de color. También mi espalda y mis brazos están marcados.

En la ducha, me paso la esponja con cuidado porque el roce duele y pienso que quizás algún día dejará de pegarme, que quizás algún día volverá a ser el chico dulce que conocí con quince años. Aquel que me traía rosas a escondidas y me escribía cartas de amor que aún guardo en un cajón de la cómoda. De vez en cuando las leo, para inventar otra vida, para sentirme feliz.

Él marca mis rutinas, mi forma de vida. Una vida en la que ya no hay amigos, porque se ha encargado de hacer que todos se alejen de mí. Día tras día, me siento tan sola y tan desgraciada que quiero gritar hasta quedarme sin voz solo para que alguien me escuche, para que alguien se dé cuenta de que estoy aquí, de que existo, de que no soy una persona anónima más, porque tengo una historia que contar.

Sin embargo callo, me trago mi orgullo de mujer y me trago mis lágrimas.

Y sigo adelante como puedo, comiéndome lo que siento y lo que pienso, porque nadie me ve, porque no tengo nadie a quién contárselo.

Lavo, friego, cocino y plancho, todo en el orden en que él me lo indica. Hora tras hora, día tras día. Sin hacer nada más que lo que él me permita. Oigo girar la llave en la puerta. El ogro ha llegado a casa.

Estoy hecha un ovillo en el suelo de la cocina, mojada, cubierta de lentejas. Lloro una vez más en silencio con el cuerpo dolorido y con el alma más dolorida todavía. Me escuecen los brazos de las quemaduras. La comida estaba demasiado caliente. No era de su gusto y el plato con todo su contenido acabó estrellándose contra mí.

Me insulta mientras yo me quedo quieta, apenas respiro para no moverme.

—Inútil, no eres más que una inútil. No vales para nada.

Cierro los ojos como si eso pudiese hacer que sus palabras no llegasen a mis oídos.

Me siento sucia, me siento rota y no puedo hacer nada más que esperar a que se le pase.

—Maldita zorra. Me mato a trabajar como un cabrón para que tú tengas esta casa con todas las comodidades y, ¿cómo me lo pagas? ¡Eh! ¿Cómo me lo pagas?

Me agarra del pelo y tira con fuerza. Noto un dolor agudo en mi cabeza, pero callo. He aprendido a no gritar, porque sé que si lo hago se ensañará más todavía.

—Pídeme perdón. Vamos, pídeme perdón, inútil.

—Lo siento, lo siento, lo siento… No volverá a pasar, tendré más cuidado la próxima vez. Lo siento.

—¿Ves? Así está mejor. Qué paciencia tengo que tener contigo, otro hombre no te habría aguantado ni dos telediarios antes de mandarte con tu madre. Pero claro, tú no tienes madre, ¿con quién te mandaría entonces? Puedes estar agradecida de tener a un hombre como yo. ¿Qué ibas a hacer tú sin mí? Anda, hazme la comida. Hazme un arroz, hace mucho que no haces arroz.

Me levanto a duras penas y voy en dirección al baño a lavarme y cambiarme.

—¿Dónde vas ahora? Lo primero es la comida.

Y así, empapada y llena de lentejas por el pelo, la cara y la bata, cocino como una buena esposa un arroz para hacer feliz a mi marido.

Mi vida se compone de un 95% de lágrimas. El 5% restante es un estado de vacío que me va consumiendo día a día.

A veces barajo la posibilidad de tirarme por la ventana de nuestro séptimo piso, de cortarme las venas o de tomarme dos o tres botes de pastillas. Pero nunca lo hago. Sigo aquí, deseando no haber nacido, deseando no estar sola. Deseando no haberle conocido.

Imagino que tendría que denunciarle. Se me pasa esa posibilidad por la cabeza, pero el miedo a lo que puede hacerme si se entera es atroz y me supera.

Quizás algún día reúna la valentía necesaria para hacerlo. Quizás...

Durante el resto de la semana ha estado tierno y cariñoso. Hasta me ha traído una caja de bombones. Hacía años que no lo hacía.

Entre risas, bromea:

—No te los vayas a comer todos de una vez, a ver si te vas a poner gorda.

Le ofrezco, pero se niega a coger nada más que uno.

—Son todos tuyos. ¿Ves como cuando te portas bien soy bueno contigo?

Hastiada, sin ganas, le devuelvo una sonrisa y él me planta un beso en la boca.

—Te quiero, mi reina. Lo sabes, ¿verdad?

Asiento con la cabeza porque no me salen las palabras. Sigo pensando que yo no entiendo esta forma de querer.

A veces me pregunto por qué sigue conmigo, me pregunto si le provoca placer molerme a palos, si luego se arrepiente, si hay una pizca de humanidad todavía en ese corazón de piedra.

Soy suya. Como si el día que nos casamos, me hubiese comprado.

Soy de su propiedad y eso no cambiará nunca. Él se encargará de ello.

Hoy tengo que ir al mercado. Tengo cuidado con lo que me pongo para que la ropa cubra bien todas las marcas de mi cuerpo.

Recorro los puestos uno a uno comprando fruta, huevos y carne. Voy tan cargada que apenas puedo con las bolsas y tropiezo. Cuando estoy a punto de besar el suelo, alguien me sujeta por los brazos. Me ayuda a ponerme de pie y a recoger las bolsas y su contenido. La mitad de los huevos se han roto y lloro porque tendré que dar explicaciones. Si los llevo así, porque los llevo rotos y si compro otros, porque habré gastado más dinero del que debía.

—Vamos, mujer, no es para tanto. Así ya llevas la tortilla hecha.

Levanto la vista y me fijo por primera vez en la persona que me ha ayudado. Es una mujer alta, guapa y sonriente. Me tiende un pañuelo para que me seque las lágrimas.

—Si es que vas muy cargada. ¿Quieres que te ayude?

—No, muchas gracias —le digo mientras consigo sonreírle.

—Venga, vamos a por otra docena de huevos.

Y, sin más preámbulos, coge la mitad de las bolsas y va derecha hacia la huevería. Ella paga y yo no hago nada por detenerla, porque con ese pequeño detalle, y aunque ella no lo sepa, acaba de salvarme la vida.

Ahora mi sonrisa es más amplia. Casi se me había olvidado lo que era sonreír.

Se empeña en acompañarme a casa.

—Si yo no tengo nada que hacer. Además, soy nueva en el barrio, tengo que conocer gente.

Tiene una sonrisa que le llena la cara, desprende una luz y una vitalidad envidiables y contagiosas.

—Me llamo Lucía. Soy de Guadalajara y llevo solo una semana por aquí. Me estoy instalando y conociendo un poco todo esto.

—Yo soy Mariel.

—Encantada, Mariel.

Al llegar al portal, nos despedimos. Me pide el teléfono para poder quedar otro día.

—Yo… no tengo móvil.

Contrariada, se lleva una mano al pelo, pensativa.

—¿Vas cada miércoles al mercado?

—Sí.

—El próximo miércoles allí nos vemos. ¿En la puerta a las once?

Acepto encantada y agradecida. Esta desconocida es lo más parecido a una amiga que tengo ahora mismo.

Hoy se me ha iluminado un poco el día. Alguien, por fin, me ha visto.

Miércoles tras miércoles, Lucía y yo repetíamos nuestra cita en el mercado. Mientras hacíamos la compra, me hablaba del mundo, de la vida que yo no podía vivir y siempre conseguía que me olvidase de mi atormentada existencia y de lo que me esperaba al llegar a casa.

Nunca le hablé a mi marido sobre ella y, por supuesto, nunca le conté a mi amiga el calvario que sufría, hasta que llegó un día en que ella misma se dio cuenta de lo que ocurría. Nunca olvidaré ese momento.

La noche antes, la paliza había sido más dura de lo habitual. Rehuí el contacto físico cuando me buscó bajo las sábanas y eso hizo que entrase en cólera. Su puño se estampó casi con cada milímetro de mi piel, desde el cuello hasta los tobillos, y cuando se cansó, cuando yo ya no era capaz ni de sentir mi propio cuerpo, me arrancó la ropa y me violó de forma brutal, demostrándome quién mandaba y que para él la palabra «NO», no existía.

Esa noche no pude dormir, la pasé llorando sin poder moverme, tumbada desnuda en la cama hasta que se hizo de día.

Al día siguiente tuve que levantarme casi a gatas. Me sentía totalmente humillada, más que nunca.

Me miré en el espejo del baño. Daba pena.

Me duché solo con agua. No soportaba ni siquiera el roce de mis manos sobre la piel. Desayuné, me tomé un par de calmantes y, como cada miércoles porque era mi obligación, fui al mercado. A pesar de cómo me sentía, no podía permitirme no hacerlo, pues la represalia sería peor.

Me costó llegar. Estuve a punto de desmayarme dos o tres veces por el camino debido a los intensos dolores que tenía.

Cuando estaba a tan solo unos metros de la entrada, vi a Lucía. La ausencia de sonrisa en su rostro delataba que sabía, al verme, que algo no iba bien.

Ella fue lo último que vi antes de caer al suelo sin conocimiento.

Cuando abrí los ojos, tardé unos minutos en adivinar que estaba en un hospital y, cuando fui consciente de ello, me entró tal pánico que me hizo echarme a temblar de forma descontrolada. Llevaba un camisón que dejaba al descubierto algunas de mis marcas.

Lucía se acercó a mí. Por primera vez, sin chispa de alegría. Estaba seria y se notaba que había llorado.

—¿Por qué no me lo dijiste?

Volví la cabeza avergonzada, no soportaba que me mirase. Cómo explicarle que quise contárselo mil veces, cómo decirle que no sabía qué pensarían los demás de mí si sabían que permitía en silencio que mi marido me maltratase.

Temblaba y lloraba a partes iguales. Lucía me abrazó y mi cuerpo se encogió automáticamente. Hacía mucho que nadie me abrazaba así, de verdad, con cariño.

Sentí sus lágrimas resbalando por mi cara, juntándose con las mías y nos quedamos abrazadas sin decirnos nada hasta que, con el efecto de los calmantes, volví a dormirme de nuevo.

Soñé con mi madre. No me acordaba de los detalles pero, por primera vez en mucho tiempo, volví a ver su rostro y me sentí protegida.

Los siguientes días fueron una locura, solo recuerdo esbozos, el resto es como una nube. Lucía estuvo en todo momento a mi lado y me ayudó con el proceso de denuncia y la orden de alejamiento.

Fue ella quien, acompañada por un par de agentes, recogió mis escasas pertenencias del piso y en cuanto salí del hospital, me mudé a vivir con ella.

Me buscó un trabajo y me incluyó en su círculo de amistades. Poco a poco empecé a vivir la vida que me tocaba, aunque el contacto con la gente me costaba, estaba desentrenada.

Mis heridas externas sanaron bastante rápido, pero las internas... esas aún guardaban cicatrices. A veces me despertaba en medio de la noche cubierta de un sudor frío porque me parecía sentir su aliento en la nuca.

Las cosas fueron bien. Hasta el día en que él me encontró de nuevo.

Los primeros días le buscaba en cada rincón, en cada esquina, pensando que en cualquier momento saldría a mi encuentro. Pero ahora había empezado a perder el miedo y estaba intentando recuperar una seguridad que no sabía si en algún momento había tenido realmente.

Regresaba del trabajo en metro con una compañera y me despedí de ella a dos calles de la casa de Lucía. El resto del trayecto lo hacía andando.

Si hubiese puesto más atención, me habría dado cuenta de que alguien seguía mis últimos pasos, pero no lo hice. Había ido perdiendo la capacidad de estar siempre alerta.

En los meses transcurridos desde aquel fatídico día en que mi verdad quedó al descubierto, estaba aprendiendo a sonreír de nuevo, a tener amigos, a disfrutar de pequeñas cosas que antes no hacía, como ir al cine o a pasear por el parque.

No había conseguido acercarme a ningún hombre, pero lo que había vivido, eso era un largo camino por recorrer y no tenía prisa.

Ya en el portal, me concentré en revolver el interior de mi bolso en busca de las llaves y ni siquiera vi la sombra que se acercaba por mi espalda y que quedaba reflejada en el cristal de la puerta de entrada.

No fue hasta que metí la llave en la cerradura y levanté la vista, cuando le vi. Pero ya era demasiado tarde.

Es indescriptible el cúmulo de sensaciones que me embargó en tan solo unos segundos, el pánico que se apoderó de todo mi cuerpo dejándome tan rígida que no pude reaccionar al mismo tiempo que él me lanzaba al interior del portal dirigiéndome una mirada envenenada, tan cargada de odio, que no parecía pertenecer a un ser humano.

Sus palabras estaban inyectadas en sangre y, mientras me acorralaba contra la hilera de buzones, empezó a proferir insulto tras insulto escupiéndomelos a la cara. Yo solo le miraba, no era capaz de articular palabra ni de intentar moverme, ni siquiera de derramar lágrimas. Solo escuchaba y escuchaba, con la certeza absoluta de que allí acababa mi vida.

En mi interior sabía que había venido a matarme y, sorprendentemente, no tenía ni la fuerza ni el coraje para intentar evitarlo. Era como si, una vez asumido, simplemente esperase a que se cumpliese mi destino.

Sus palabras atravesaban mi cabeza, pero no se quedaban allí, no las escuchaba, no las asimilaba y así permanecí hasta que sentí la punta de un cuchillo contra mi pecho y entonces, todo se volvió negro.

Nunca imaginé que estar muerta sería algo así. No guardaba apenas recuerdos de los últimos instantes de mi vida, solo el del rostro del demonio avanzando sobre mí, la sensación de pánico y luego la de sumisión y rendición al aceptar la suerte que me esperaba.

Me alegraba porque sabía que, al menos, así nunca más sería suya, nunca más tendría su yugo sobre mi cuerpo.

Ahora estaba en paz, estaba tranquila y deseaba abrir los ojos para ver mi nuevo mundo. Pero no podía. Mis párpados tiraban de mí impidiendo que los abriese, pero yo hice tal esfuerzo que al final conseguí entreabrirlos ligeramente, pestañeando por el efecto de una luz que me cegaba.

Empecé a percibir ruido a mi alrededor, sonidos indefinidos. Fue entonces cuando logré abrir los ojos del todo y vi el rostro de Lucía, mirándome a través de un mar de lágrimas, pero con una gran sonrisa.

LAS PAREDES TIENEN OÍDOS

Papá y mamá discuten siempre y creen que, como aún soy una niña no me entero solo porque callan en cuanto aparezco. Pero las paredes tienen oídos, las paredes me transmiten lo que ellos intentan ocultarme y yo, muy dentro de mí, sé que mis padres ya no se quieren y se soportan como pueden. Dicen que por mí, por no hacerme daño, pero a mí esto también me duele.

Yo no quiero que mis papás vivan separados, no quiero tener que elegir solo a uno de ellos y no poder verlos a los dos todos los días; aunque tampoco quiero que sigan juntos, no quiero que sigan las malas caras y las peleas.

Me encierro en mi cuarto haciéndome la dormida e intento entender por qué ya no hay besos ni abrazos entre ellos, por qué están distantes, por qué ya no ríen como en las fotos que están en los marcos del salón.

¿Tendré yo la culpa de que hayan dejado de quererse? Los papás de mis amigos pasean de la mano y siempre van juntos. Los míos se turnan para llevarme al colegio o a la piscina y, cuando forzosamente tienen que hacer algo en común, el silencio entre ellos es tan grande que corta el aire. Evitan hasta mirarse y caminan perdidos en sus propios pensamientos, posiblemente lamentándose de su desgracia.

Creen que no veo que mi familia es distinta a las demás familias, que todos tienen un padre y una madre y yo solo tengo a uno o a otro porque evitan hasta cruzarse por el pasillo.

Papá duerme en el sofá desde hace tiempo y mamá ocupa sola la cama de matrimonio. Mientras tanto, yo en mi cuarto, miro al techo pensando cómo puedo arreglar todo esto, pero no encuentro la manera.

Voy cambiando con los días mi sonrisa por una apatía que me llena y que no sé cómo controlar. Pierdo las ganas de hablar, de comer, de hacer los deberes y de jugar. Me encierro en mí misma sintiéndome pequeña por no hacer nada para que todo vuelva a ser como antes. Y así me duermo cada día, llorando sobre mi almohada para que nadie sepa que mi vida está cambiando de color a pasos agigantados sin apenas darme cuenta.

Dicen que me ha cambiado el carácter y que ya no soy la niña alegre y cariñosa que era.

Mis padres se preocupan por mí, pero entre ellos sigue existiendo el mismo alejamiento, el mismo desprecio. Y yo lo veo. Lo veo cada día cuando llego a casa del colegio o de las actividades extraescolares.

Se apodera de mí una inmensa sensación de rebeldía, de cabreo y estoy enfadada con el mundo. Un mundo que ahora me queda demasiado grande.

He roto todas mis muñecas. Me he hecho mayor a marchas forzadas y ya no me apetece perderme en juegos de niños.

Me he vuelto arisca y empiezo a tener malas notas. He caído en la desidia, ya hay pocas cosas que me importan. Voy por la vida de paso, sin ganas, observando lo que pasa a mí alrededor y aceptándolo, porque no puedo hacer nada para cambiarlo.

—Si sigo contigo es única y exclusivamente por mi hija, porque ya no te aguanto.

Yo no quiero tener hijos. No quiero tener a nadie que me obligue a seguir al lado de alguien a quien odio con todas mis fuerzas.

Empiezan a venderse, a intentar hacerme creer que solo uno de ellos es el bueno, haciéndose el uno al otro la guerra sucia. Yo me tapo los oídos, no quiero escuchar todo eso. No quiero mirarles a la cara y ver el desamor pintado en ellas.

No quiero, no quiero, no quiero, no quiero,...

Con el paso de los años, las cosas no han mejorado ni un ápice.

Me pregunto cómo pueden seguir juntos. ¿Tan grande es el amor por un hijo que hace que te tragues todo el dolor y toda la angustia? ¿Tan grande soy yo para ellos que hago que no se rompa una vida en común llena de desgracias?

Ellos sufren y yo también, por añadidura. Creo firmemente que me haría tanto daño que se separasen como que siguiesen juntos, pero ¿qué sentido tiene todo esto? ¿Toda mi existencia va a ser así, llorando a escondidas, sufriendo en silencio, odiando cada día?

¿Hasta cuándo? ¿Hay límite para el dolor?

Me he acostumbrado a las voces, a las malas palabras, a las ofensas. Mientras ellos discuten, yo pongo la música cada vez más alta para no tener que escuchar la retahíla que ya me he aprendido. Siempre las mismas acusaciones, las mismas referencias veladas al pasado, a los errores y a las equivocaciones.

Ya tengo trece años y la mayoría de mis recuerdos están ligados a este tipo de momentos, a las lágrimas y a la tristeza. Me he criado en un hogar roto y yo también siento algo resquebrajado por dentro, algo que no funciona como debería funcionar.

Me he despegado de mis padres, la mayoría de las veces paso a su lado sin hablarles, sin contarles nada de mi vida ni de mis amistades, evado sus preguntas igual que lo hago con sus gritos y discusiones. Me limito a quererles u odiarles según el día, según el momento.

Pienso que si han seguido juntos por mí, me han hecho un flaco favor, porque han marcado para siempre mi vida.

Quiero crecer, crecer rápido y marcharme muy lejos, para que no me busquen, para que no me encuentren, para que no me puedan hacer más daño. Se acumulan en mi corazón los rencores y los reproches. Me siento desgraciada, muy desgraciada.

Me llevan a un psicólogo para que me sonsaque todo lo que me pasa por la cabeza, para que ellos entiendan el porqué de mi comportamiento. ¿Es que no se dan cuenta?

Un hombre con poco pelo y gafas de montura redonda se sienta frente a mí, al otro lado de la mesa, y me mira como se mira a una niña, enviándome una gran sonrisa. Yo me quedo hermética, acomodada en mi silla, y observo al especialista sin mediar palabra.

—Laura, he estado hablando con tus padres y están preocupados por ti. Me comentan que últimamente has cambiado mucho, que les contestas y que no quieres estudiar. ¿Te has dado cuenta de esos cambios?

Me lo dice con el mismo tono que se cuenta un cuento y, yo, por respuesta, me encojo de hombros.

—¿Qué tal duermes? ¿Tienes problemas con los compañeros en clase?

—Bien.

Asiente como si le hubiese desvelado el invento del siglo, muy serio, muy profesional, muy atento.

Tras treinta minutos en los que la dinámica es la misma: él hace preguntas y yo apenas contesto, empieza a darme recomendaciones, como pequeñas tareas, diciéndome que a él puedo contarle todo lo que me ocurre porque es la única manera de poder ayudarme y que dé por sentado que todo lo que le diga, no podrá revelárselo a mis padres. Imagino que está intentando crear un vínculo de confianza, pero yo aún no estoy preparada para deshilachar mi vida ante un total desconocido.

Y justo entonces, como si lo hubiese medido, salta como un resorte de su silla porque ha finalizado la sesión.

—Hemos acabado por hoy. Tendremos otra oportunidad la semana que viene.

Me lanza su mano para que se la estreche como si fuese a sellar un pacto.

—Hasta la semana que viene, Laura.

—Adiós.

Y doy media vuelta en dirección a la sala de espera donde mis padres me aguardan en silencio, sentados uno junto al otro como una pareja normal, por las apariencias.

En contra de mi rechazo inicial, poco a poco he ido abriendo mi corazón a ese personaje que, semana tras semana, analiza y estudia todo lo que le cuento.

Intento comprender los claroscuros de mi vida, explorarlos, derrotarlos, superarlos. Solo quiero salir vencedora y no vencida de una historia que me ha marcado para toda la vida, forjando en mí una personalidad desdeñosa que tiene miedo de sentir algo por alguien por temor a pasar por lo mismo.

En plena adolescencia, combatiendo con los problemas de mi edad y con los recuerdos del pasado que, casi a cada minuto, me atormentan y forman parte de mis decisiones.

Mis padres siguen a mi lado, pero distantes. Es una cruz para mí sentir en el aire ese odio que corta más que un cuchillo. Tras muchos años tirándose los trastos a la cabeza, se han instalado cómodamente en un punto de pasotismo y yo sospecho que ambos llevan relaciones paralelas que, en cierto modo, les da algo de la felicidad que juntos no tienen.

Gracias al psicólogo, he aprendido a ver que el amor que sienten por mí es más fuerte que su desamor y he empezado a odiarles un poco menos. Pero sigo dolida y resentida por lo que he vivido, por todas esas imágenes que no salen de mi cabeza y que se activan solas con ciertas palabras, con ciertos gestos y hacen que todo reviva de nuevo.

He aprendido también que, más tarde o más temprano, su relación se romperá del todo, que algún día pondrán por fin punto y final a una convivencia larga y demacrada.

Desde el sofá, miro a mi padre, sentado a la mesa leyendo el periódico, y a mi madre, junto a mí con la vista fija en una labor de ganchillo. Y sonrío, sonrío al sentir justo en ese momento lo que me quieren y lo que yo, por muchas capas que me ponga encima, les quiero.

RECORDAR EL OLVIDO

—¿Quién eres, bonita? ¿Conoces a mis hijos? ¿Sabes si van a venir a verme? Yo me tragaba las lágrimas y le señalaba el corcho lleno de fotografías. Él seguía la dirección que le marcaba mi brazo y se quedaba unos minutos estudiando las caras y las explicaciones que había al lado. Entonces se le iluminaba el semblante con una enorme sonrisa y, mirándome de nuevo, me decía:

—Marta, has venido a verme. ¿Cuándo has llegado? Dame un beso, hija.

—Acabo de llegar, papá.

Y le daba un beso mientras intentaba olvidar que llevaba a su lado más de una hora y él no lo recordaba.

Cuando a mi padre le diagnosticaron Alzheimer, mi propia saliva hizo que me atragantase. Le miraba allí, sentado junto a mí, y no podía creer que aquello fuera cierto.

Poco a poco fui acostumbrándome a sus pequeños olvidos, pero se me formaba un nudo en el estómago cada vez que él no reconocía a sus propios hijos y nietos.

Compré un panel de corcho enorme y me dediqué a recopilar las fotos de todos los integrantes de la familia. Puse una de mi padre a la cabeza, con un cartel al lado que rezaba:

ESTE SOY YO

ME LLAMO MATEO PÉREZ PÉREZ

NACÍ EN SEGOVIA EN 1931

MI MUJER MURIÓ

TENGO TRES HIJOS Y DOS NIETOS

Su imagen estaba enlazada con hilos de colores a las nuestras, al lado de las cuales también figuraba nuestra breve biografía.

Ese corcho resumía todo lo que podría recordar de su vida y yo misma me quedaba embobada mirándolo muchas veces.

En ocasiones, me presentaba en la clínica cargada con los álbumes de fotos y pasaba la tarde contándole la historia de cada fotografía y eso me hacía feliz, aunque tuviese que repetirle lo mismo varias veces porque nada más decírselo, volvía a preguntármelo.

Mis hermanos no tenían tanta paciencia y cada vez le visitaban menos. Les consumía estar al lado de una persona que no les conocía y a la que ellos poco a poco iban olvidando.

Yo me encargaba de hacer videos en las reuniones familiares para luego ponérselos y explicarle mil veces lo que ocurría en las imágenes que veía en la pequeña televisión de su cuarto.

Le ponía música de Los Beatles, su grupo favorito. Él intentaba aprenderse las letras farfullando en un *spanglish* que me hacía reír haciendo que se me saltaban las lágrimas y, entonces, yo intentaba seguirle, cantando los dos a vivo grito hasta que las enfermeras nos hacían callar porque sobresaltábamos a los demás pacientes.

En esos momentos, mi padre y yo nos moríamos de la risa y yo le llenaba de besos.

Siempre me costaba separarme de él, nunca quería marcharme y, cuando tenía que hacerlo, mi despedida era siempre la misma.

—Te quiero, papá. Soy Marta.

Me sentía obligada a aclararle siempre mi identidad, porque pensaba que así quizás pudiese retener esas palabras hasta la mañana siguiente. Hasta que volviese a empezar para él otro día en blanco.

Iba todas las tardes a verle, no faltaba una. Algunos fines de semana le llevaba a sus nietos y él disfrutaba como un niño jugando con ellos, sacando una vitalidad que hacía tiempo que no tenía.

No siempre era consciente de que aquellos dos pequeños que se le subían a la espalda y le tironeaban del pelo eran parte de su familia, pero igualmente, estando con ellos, se le iluminaba la cara como pocas veces antes lo había hecho.

Siempre le llevaban bizcochos de soletilla para merendar y los tres se sentaban en el suelo a comerlos llenándose de migas.

Yo a veces participaba en sus juegos, pero otras me limitaba a sentarme en una de las sillas del rincón con un libro aunque no podía evitar, cada dos por tres, levantar la vista de mi lectura para ver la forma en que reían. Me reconfortaban esos momentos como si fuese una simple espectadora viendo por decimonovena vez su película favorita.

Alicia y Marcos disfrutaban de su abuelo sin percatarse de que, poco a poco, él iría olvidándose de que existían.

Cuando abandonábamos la clínica, mis sobrinos se iban siempre en un estado frenético, con esa energía imparable que caracterizaba a los niños. Y a mí el alma se me caía a los pies viendo como mi padre entristecía porque me llevaba a sus compañeros de juegos.

Le vería al día siguiente y partiríamos de cero, como si aquellos momentos nunca hubiesen ocurrido.

El día de su cumpleaños organicé una fiesta en mi casa.

La mesa del porche estaba repleta de platos cargados de comida, de tazas de cristal con blonda y velas encendidas. Sobre nuestras cabezas colgaba un gran cartel que decía: «FELICIDADES PAPÁ».

Nuestra pequeña familia se había reunido al completo y, mientras yo ultimaba los detalles, mi hermano era el encargado de traer a nuestro padre hasta casa.

Deseaba que fuera un día redondo, deseaba que él se acordara de que era su cumpleaños y que fuese como cuando lo celebrábamos hace unos años y aún no le había atacado la enfermedad.

Mi padre se había puesto su mejor camisa y venía con una sonrisa en la cara, aunque creo que ni siquiera él sabía por qué.

Le sorprendió sobremanera ver a tanta gente reunida y también que todos nos pusiésemos en fila india frente a él para darle dos besos y desearle feliz cumpleaños. Daba la impresión de que asistía a su propia fiesta como si fuese un espectáculo que nada tenía que ver con él.

Se dejó abrazar y besar sin perder la sonrisa hasta que lo llevamos a la mesa, sentándole a la cabeza. Enseguida se fijó en que estaba llena a reventar de comida.

—¿Celebramos algo?

—Papá, es tu cumpleaños.

—¿Ah, sí? ¿Cuántos cumplo?

—Ochenta y dos.

—¿Estás segura?

—Sí, papá.

Y dando por zanjada la cuestión, comenzamos el almuerzo, que transcurrió entre amena charla y risas, rodeada de una aparente normalidad que a ratos me hacía pensar que el Alzheimer de mi padre no era real.

Llegó el momento de la tarta, que mi hermana llevó alzada con las velas encendidas hasta depositarla frente a él. Se quedó mirándola con semblante serio, luego a nosotros, luego otra vez a la tarta.

—¿Es el cumpleaños de alguien?

—Sí, el tuyo. Hoy cumples ochenta y dos años. ¿Por qué no pides un deseo y soplas las velas?

Lo hizo a la primera.

No sé qué deseo habría pedido él, pero sabía cuál había pedido yo.

Mi padre había dedicado su vida a un pequeña tienda de reparación de calzado que mantuvo hasta el momento de jubilarse cuando, a su pesar, tuvo que traspasar porque comprobó que sus hijos no queríamos formar parte del negocio.

Conoció a mi madre a los diecisiete años, una joven con unos enormes ojos verdes y un desparpajo andaluz que la hacía vivaracha y alegre. Desde el momento en que la vio, no volvió a separarse de ella nunca. Fue algo mutuo desde el primer instante que cruzaron sus miradas por primera vez y descubrieron el uno la existencia del otro.

A los veinte años se casaron y tres años después nació su primogénito, mi hermano Ángel.

Belén, que así se llamaba mi madre, fue siempre feliz al lado de mi padre. Se compenetraban de tal manera que eran solo uno. Hasta que, con tan solo cincuenta y ocho años, enfermó de un cáncer que se la llevó de nuestro lado.

Mi padre se sintió morir y, durante un tiempo, mis hermanos y yo temíamos que siguiese sus mismos pasos.

Nos costó mucho hacerle seguir adelante y hacerle entender que tendría que vivir sin ella.

Por todo esto, era para mí un suplicio comprobar que ahora había veces que la olvidaba, como si nunca hubiese existido, como si no hubiese sido su perfecta mitad durante más de treinta años.

Cuando hablaba con él, le repetía mucho el nombre de mi madre, convencida de que quizás así no la olvidaría nunca y también de que, de esta forma, siempre se mantendría en mi memoria.

En mi mesilla de noche había una foto antigua de mis padres el día de su boda. La misma reposaba en la cómoda de mi padre en la clínica.

Cada noche, al ir a dormir, miraba esa vieja fotografía y la besaba dos veces.

—Mamá, allá donde estés, cuida de papá. Haz que no te olvide nunca.

Hay días que parece acordarse de más cosas y otros, como hoy, que me resulta un auténtico desconocido.

Uno debe sentirse perdido en un mundo donde no recuerda nada ni conoce a nadie. Creo que, por más que intento ponerme en su lugar, no consigo identificarme del todo con lo que debe sentirse en una situación así.

Hay días soy para él una enfermera, una vecina o incluso una intrusa que ha entrado a robarle sus escasas pertenencias, aunque yo me afane en que se fije en el panel de corcho. En esos momentos le invaden los nervios y yo tengo que acortar mis visitas para no hacerle sufrir y para no verle sufrir tampoco.

Abandono la habitación conteniendo las lágrimas como puedo hasta que salgo del recinto. Entonces comienzo a hipar sin poder silenciar mi tristeza, soltando todo un mar de agua que no puedo detener, rodeada de mi angustia y mi pena; sabiendo que al día siguiente volveré y, con un poco de suerte, quizás me conozca.

Solo queda esperar que el Alzheimer no avance muy deprisa, que pueda disfrutar su lucidez y sus recuerdos un poco más.

Llevo sobre mis hombros el peso de la enfermedad de mi padre, porque mis hermanos han aprendido a seguir con sus vidas y van a visitarle tan solo dos veces al mes, como una rutina.

Yo no puedo estar sin verle porque quiero apurar al máximo sus días de consciencia. No quiero en el mañana quedarme solo con su olvido, no quiero arrepentirme de no haber estado a su lado intentando hacerle recordar todo lo que sea posible, como si en mi mano estuviese su cura, como si yo pudiese hacer algo para frenarlo, como si pudiese hacer que su memoria no se fuese volviendo volátil con el tiempo.

Hoy quiero llevarle flores. Media docena de rosas blancas, como las que él le regalaba a mi madre cada año por su aniversario.

Hoy me visto con mi mejor traje y mi mejor sonrisa y saldremos a dar un paseo por el jardín que rodea la clínica.

Brilla el sol en el cielo, exultante y altanero y yo estoy segura de que hoy, cuando me vea, me conocerá, me dedicará una sonrisa y me llamará por mi nombre.

LA CURVA DE LA FELICIDAD

Acaricio la curvatura de mi estómago sintiendo tu vida dentro de la mía, sintiendo que formas parte de mí como yo de ti.

Viniste sin avisar e incluso barajé la opción de desentenderme, de que desaparecieras, pero no fui capaz y seguí adelante.

Y ahora, que ya llevamos ocho meses juntos pasando alegrías y tristezas, yo aquí fuera y tú ahí dentro, creciendo día a día, cambiando, queriéndonos... Ahora ya no sabría vivir una vida sin ti a pesar de que aún no has nacido.

Sueño con tu carita, con saber cómo eres, si te parecerás a mí o a la persona que te engendró; él no se llamará padre. Me gustaría saber si tendrás mis ojos, mi color de pelo, mi piel blanca...

Anhelo el momento en que pueda verte y tenerte en mis brazos. Pequeño, muy pequeño, sabiendo que nos pertenecemos el uno al otro y que tendremos un vínculo que nos hará fuertes para poder con todo.

Te hablo, te canto, te sueño. Para que me conozcas, para hacerte sonreír, para hacerte feliz.

Y sé que me sientes, porque te revuelves dentro de mí, inquieto, acomodándote al poco espacio libre que te queda, ya que no falta casi nada para que salgas y me veas.

Te canto una nana para que te duermas cada noche conmigo y tú te encargas de despertarme cada mañana con una de tus patadas que me alegran el día.

Duérmete niño. Duérmete ya...

Me siento muy pesada y moverme implica ya un gran esfuerzo. Me canso y, sujetando mi espalda con una mano y mi tripa con la otra, busco un asiento donde reposar unos minutos.

Hay momentos en que me siento muy sola porque todo el mundo me ha abandonado, juzgándome y mirándome de soslayo como si tú fueras un pecado. Al principio derramé muchas lágrimas, pero ha dejado casi de importarme, me he sobrepuesto por ti, porque no quiero que percibas mi tristeza.

Cuando vengas al mundo, estaremos solos, pero nos haremos compañía el uno al otro. Y no necesito nada más, el resto me sobra, porque he aprendido a quererte por encima de todas las cosas, hasta de mi propia vida.

Nunca pensé que esta sensación de sentir crecer a alguien dentro sería tan bonita. A pesar de los vómitos, del cansancio, de los dolores, de la hinchazón de piernas... Todo lo perdono y lo olvido con tal de seguirte sintiendo.

Quedan apenas dos semanas y estoy nerviosa. Es como una cita a ciegas con mi destino, pero una cita a ciegas que sé que va a funcionar porque me quedaré contigo y tú conmigo.

Estoy deseando tener tus manitas entre las mías y tu boca en mi pecho succionando, oír tu respiración mientras duermes y tus lloros cuando quieras pedirme algo sin esas palabras que aún no sabes pronunciar, pero que yo te enseñaré poco a poco.

He de ponerme en pie de nuevo.

Aguanta, hijo, ya queda poco.

Despierto temprano y te dedico mis primeros pensamientos.

Decido leerte un cuento. Te leo uno cada día y lo seguiré haciendo cuando nazcas.

Tengo una pila de libros junto a la cama y, tras revolverlos un poco, escojo el de *Rapunzel*. Hago de narrador, de protagonista, de príncipe y de bruja. No necesito más voces que la mía para hacerte llegar la historia.

Mientras te leo, siempre estás quieto, como atento, y cuando finalizo la lectura, te revuelves como si así quisieras expresarme que te ha gustado.

Te digo que algún día podremos leerlos juntos y tú querrás ser siempre el príncipe. Cierro los ojos y te imagino, te pongo rostro y te abrazo aún sin poder hacerlo, pero te siento como si estuvieras ya entre mis brazos, en un cuento en el que tú y yo seremos los protagonistas.

Y colorín, colorado, este cuento se ha acabado.

Me gusta poner música y bailar juntos pero apenas siento mi cadera y mi cintura para poder moverlas, aun así sigo danzando al compás de la melodía aunque sea más despacio, aunque me ayude del apoyo en la pared y me siente para descansar de vez en cuando.

Hoy, que me encuentro especialmente agotada y me cuesta hacer cualquier movimiento, pongo música clásica. Y así, nos tumbamos en la cama con los ojos cerrados para escucharla y sentirla. Nos tranquiliza, nos llena de paz, nos inunda.

Es como ir a un concierto, pero sin salir de casa. De hecho, puedo imaginarme contigo en una gran sala atiborrada de gente presenciando el sonoro y magistral espectáculo.

Suena el *Nocturno en si bemol*, de Chopin y la melodía me recorre el cuerpo, como si sus notas musicales se apoderasen de nosotros relajándonos y haciéndonos sentir que todo irá bien y que ya queda poco.

Hoy he visto a tu padre. Me ha mirado de arriba abajo con desprecio, antes de cambiarse de acera para no tener que cruzarse conmigo.

Yo, al verle, instintivamente me he llevado la mano a la tripa, como queriendo protegerte, como para evitar que vieras a ese ser monstruoso que no nos ha querido y se ha deshecho de nosotros.

Ignora lo que va a perderse, porque tú vales más que todas sus mentiras, tú vales más que su desaire y su compañía.

Me alegro de que no forme parte de nuestras vidas porque no nos merece. No a ti al menos, que te desprecia sin siquiera haberte conocido.

Estamos mejor sin él, ¿no te parece?

Preparo tu ropita, doblándola cuidadosamente, porque sé que falta poco para poder ponértela.

Al lado de mi cama hay un bolso con todo lo necesario para llevar al hospital. Sé que en cualquier momento me darás el aviso y tendré que salir corriendo.

No voy a negar que me da miedo el momento del parto, pero intento evitarlo pensando solo en que, fruto de ello, podré al fin tenerte en mis brazos para verte y acariciarte.

Repaso por decimonovena vez el contenido del bolso para ver si está todo, y aunque sepa que sí, que no falta nada, necesito hacerlo.

Después, lleno de agua templada la bañera y me sumerjo en ella. Me ayuda a descansar, me alivia un poco la pesadez y las molestias. Me lavo y me embadurno de aceite antes de ponerme un albornoz que ya hace tiempo que no me cierra.

Miro en el espejo del baño mis nuevas curvas y, acariciando la más grande de todas, la que me envuelve la cintura. Llego a la conclusión de que esa precisamente es mi curva de la felicidad. Y sonrío.

Le di muchas vueltas al nombre que debía ponerte. Quería un nombre bonito pero, además, uno del que me gustara su significado.

Carlos, Marcos, Daniel, Javier, Pablo... En un pequeño cuaderno iba apuntando meticulosamente uno a uno, uno debajo del otro, para luego revisarlos.

Después buscaba su significado y lo anotaba al lado e iba tachando aquellos que descartaba por completo.

Carlos. De origen Germánico. Hombre fuerte, varón, viril.

Marcos. De origen griego. El protector.

Daniel. De origen hebreo. Justicia de Dios.

Reconozco que dediqué mucho tiempo a la tarea de elegirlo, pero no quería equivocarme, quería elegir el nombre que te correspondía.

Hasta que di con el correcto.

Darío. De origen persa. El que protege, el que mantiene el bien.

Durante estos meses he hecho mil fotos que tengo perfectamente organizadas por fecha en mi ordenador, para ir viendo los avances. Dentro de poco podré hacértelas a ti directamente para observar los cambios día a día.

Medio tumbada en el sofá del salón con mi portátil, veo cómo ha ido creciendo la curva, cómo has ido creciendo tú. Me detengo unos segundos en cada una de ellas, estudiándolas para apreciar bien el progreso cuando de pronto noto una fuerte contracción en el bajo vientre y un líquido que se desliza por mis piernas.

Una mezcla de pánico y júbilo a la vez se va apoderando de mí. Tenía perfectamente planeado este momento, pero ahora... ahora no me atrevo ni a moverme. Intento controlar la respiración y el miedo mientras alargo la mano hasta mi móvil y marco el 112.

Me invade un presentimiento: todo va a salir bien. En unas horas, Darío y yo estaremos juntos y, con este pensamiento, hago el último esfuerzo por ponerme un poco más cómoda mientras me sacuden las contracciones y espero a la ambulancia que hará posible el milagro.

Tranquilo, Darío, no tengas miedo, aquí te espera mamá.

INSTANTES

Ella soñaba despierta y describía sentimientos, percepciones, ilusiones, grabándolos en una libreta de cuero negro dañada por el tiempo. Creaba historias de un instante y las guardaba bajo su almohada como un gran tesoro. Hasta el día en que, presa ya de los años, la muerte le arrebató la luz y se la llevó con ella.

Y fue entonces cuando, bajo el lugar donde noche tras noche recostaba la cabeza, encontramos sus letras, sin fechas ni lugares, solo describiendo y transmitiendo las sensaciones que la habían embargado en ciertos momentos de su vida. En el arcón que descansaba junto a su cama, había veintiséis libretas perfectamente numeradas que acompañaban a la primera.

Y nosotras lloramos leyéndolas, recomponiendo su vida a través de los detalles, de esos que no nos contó nunca porque eran de ella y solo de ella, de su total intimidad. Y así revivimos perdidas en sus páginas el regalo más bello que nos podía haber dejado como legado mi madre...

Encontré en el desván la vieja máquina de escribir y me inundó una ola de recuerdos de cuando ella aporreaba sus teclas sin descanso.

Le quité la funda y me quedé un rato mirándola. Parecía casi una joya de coleccionista, antigua pero impecable, sin apenas haber acusado el paso de los años.

Acerqué la banqueta, me senté frente a ella y, sin dudarlo, comencé a pulsar las letras. No podía escribir por la falta de tinta, pero solo el hecho de posar mis manos sobre aquella máquina y rozarla de nuevo, me hacía feliz.

Decidí bajarla al salón y darle un sitio de honor como se merecía. Por los viejos tiempos, por los buenos momentos.

El tazón de sopa humeaba frente a mí. Con él entre las manos trasladaba un poco de su calor a mi cuerpo aterido de frío.

Soplaba y veía alejarse el humo con el efecto.

Desvié la mirada hacia la ventana y observé el correr de las nubes que inundaban el cielo azul con su forma caprichosa. Fijándome en ellas, perdí la noción del tiempo un momento y, cuando volví a la realidad de nuevo, tuve una sensación de placidez y de *déjà vu* a la vez.

Había más momentos como ese, perdida en la infinidad de mis pensamientos, recordando sin saber qué recordaba. Minutos que no parecían importantes, pero que estaban ahí y formaban parte de nuestras vidas y que pasaban cada día sin apenas darnos cuenta.

Me sacude la tristeza nada más despertarme. Le echo de menos y no me consuela saber que hasta dentro de dos meses no volveré a verle de nuevo.

Ayer recibí una carta de cinco páginas con su caligrafía pulcra y ordenada, relatándome los pormenores de su vida diaria y contándome cuanto me echaba de menos. Mientras la leía, de mis ojos caían gruesos goterones al ver lo que me decía. Acompañaba la carta una fotografía en blanco y negro de medio cuerpo que por detrás me dedicaba cariñosamente: «Para la que será mi mujer en el futuro, para el amor de mi vida. Te quiere siempre, tu Enrique».

La he guardado con las otras en la caja de latón que tengo al fondo del armario, bajo las sábanas de lino.

Sin perder más tiempo, me levanto de la cama y comienzo a escribir mi respuesta.

Sentada en el borde de la piscina, sumerjo los pies en el agua. Está fría, pero me despierta y me reconforta.

Sacudo los pies provocando salpicaduras que me divierten.

Echo levemente el cuerpo hacia atrás y cierro los ojos para que el sol no me haga daño.

Me mantengo así durante un rato, sintiéndome una sirena, imaginándome sola a pesar del griterío de gente que me rodea.

La felicidad está en los pequeños detalles, en aquellos que casi siempre pasan desapercibidos a nuestros ojos porque son tan diminutos, tan insignificantes, que muchas veces ni siquiera los apreciamos y nos los perdemos.

Disfruto el momento, deslizando mis pies en el agua y sintiéndome muy feliz.

Acodada en el poyete de la ventana, veo caer la lluvia.

El cielo parece cubierto de una enorme capa de color gris oscuro y descarga enormes gotas de agua que repican contra el cristal. Miro cómo se deslizan después de chocar, siguiendo un rumbo indefinido van haciendo curvas, como sorteando obstáculos.

Retumba en mis oídos un trueno ensordecedor y, poco después, un relámpago atraviesa el cielo proyectando una luminosidad diferente durante unos segundos.

Me gustan estas tardes mirando la lluvia al abrigo de mi hogar. Son momentos para pensar tranquilamente en la vida sin que nada ni nadie me moleste.

Le peino los cabellos a mi hija Simone, que frunce el ceño por los tirones frente al espejo.

Es la viva imagen de su abuelo. Tez morena, pelo negro, ojos grandes azules y un genio que demostró desde muy niña.

Cada vez que encuentro un nudo con el cepillo, me mira contrariada a través del espejo, poniendo cara de pocos amigos, pero no rechista.

Cuando termino, le coloco un lazo rojo en la coronilla y se le abre una sonrisa mostrándome su hilera de dientes perfectos en la que falta uno que se le cayó hace dos días. No puedo evitar reírme, abrazarla y darle un beso.

Es lo más bonito que me ha pasado en la vida.

Nunca pensé que podría perder a mis padres. Sabía que llegaría el momento, pero nunca lo había pensado realmente.

Por eso, cuando murió mi padre, no estaba preparada para ello. Y tampoco cuando, cinco años después, se marchó también mi madre.

De pie frente a sus tumbas cada año lloro y recuerdo los buenos momentos, esos que al menos me hacían sentirles vivos.

Deposito un ramo de violetas sobre el frío mármol y les mando un beso.

Exhibimos ante el mundo nuestras miserias para sentirnos uno más del engranaje, para que nos consuelen, para que todos nos dediquen una palabra de aliento, aunque luego serán tan solo unos pocos los que verdaderamente permanezcan a nuestro lado y nos reconforten.

Yo no soy partidaria de airear mis intimidades, por eso de vez en cuando escribo en esta libreta lo que percibo del mundo, esos pequeños instantes que, si no los plasmase por escrito, estoy segura de que acabaría olvidando. Sin embargo, quiero mantenerlos, poder releerlos y sentirlos de nuevo. Verme ante una taza repleta de café, aunque la mía esté vacía, ver un gran sol cuando es de noche o percibir la lluvia sin que esta caiga.

Son mis momentos, solo míos y así los atesoro en papel para que nunca pueda olvidarlos.

Un pequeño pájaro ha quedado atrapado entre las cortinas y, cuando lo rescatamos, mis hijas saltan y gritan emocionadas al verlo.

—¿Podemos quedárnoslo? ¿Podemos? ¿Podemos? ¿Podemos?

Mi marido y yo nos miramos entre risas y cedemos. Entre los cuatro preparamos un lugar para que el pajarito pase la noche, una caja de zapatos que agujereamos para que atreviese el aire y a la que ponemos en el fondo una capa de algodón mullido.

Los niños no pueden parar de mirarlo.

—Qué pequeñito es.

Le damos de beber agua y algo de comida directamente en el pico.

Tenemos que ponerle un nombre. Mañana le compraremos una jaula.

Hay fechas que, por un motivo u otro, quedan grabadas en tu cabeza.

Yo recuerdo especialmente un veinte de febrero. Al levantarme ese día y asomarme a la ventana, un manto de nieve impecablemente blanca cubría todo hasta donde alcanzaban a ver mis ojos.

Se presentía el frío aun al amparo de la casa y, sin poder remediarlo, empecé a temblar. Eché sobre mis hombros una bata y bajé a la cocina a prepararme un chocolate caliente.

A mitad de las escaleras, un impulso me hizo detener y sentí una punzada fuerte en medio del pecho que hizo que me agarrase con fuerza a la barandilla.

Una especie de premonición me sacudió de arriba abajo y el último tramo de escaleras lo recorrí a la carrera.

En la cocina, frente al fuego encendido y casi acurrucada, mi madre sostenía en sus manos una carta.

Me quedé largo rato de pie, contemplando la escena, antes de arrebatarle las hojas y devorarlas con los ojos, en silencio, mientras por mi rostro resbalaban las lágrimas.

Creo que, a pesar de los años, podría reproducir el contenido de esa misiva casi al pie de la letra.

Amparo, la única hermana de mi madre que hacía años había emigrado a Argentina, nos enviaba una carta de despedida desde un hospital de Buenos Aires, donde moría sin remedio víctima de un tumor.

Mi madre, tras aquello, no volvió a ser la misma, perdió esa chispa que siempre le había brillado en los ojos. Nunca se separó de aquella carta y, cuando años después falleció, se fue con ella.

Hoy vuelve a ser veinte de febrero y, de nuevo, estoy rodeada de nieve.

Natalie, mi segunda hija, es mi vivo retrato. Cuando la miro, es como mirarme en un espejo que retrocede en el tiempo.

Con los años ha ido heredando también mi carácter inquieto y curioso, lo que la llevó a descubrir las cartas que guardaba en mi caja de latón en el armario.

La encontré una tarde sentada en el suelo de mi cuarto rodeada de todas aquellas palabras que expresaban lo que sentí hacia mi primer amor.

Cuando descubrió mi presencia, me interrogó con la mirada, entre sonrojada y atónita. Creo que nunca pudo imaginar que hubiese querido a otro hombre que no fuese su padre.

Me senté a su lado y lloré de nuevo recordando quién fue Enrique y cómo murió en un accidente, dejándome tan solo con un anillo en mi dedo.

Natalie lloró conmigo y me dijo muy seria:

—Mamá, algún día escribiré tu historia.

Hay días en que abro el cajón de los recuerdos y los dejo salir todos de golpe. Me rodean, me hablan, me sonríen, me arrastran.

Hay momentos de mi vida que me acompañan siempre, que vuelven una y otra vez a mi memoria como presas de un efecto bumerán.

A veces los destapa una canción, otras una palabra o un gesto, una casualidad o una gota de lluvia.

Hoy, que voy notando como acaban mis días, los recupero todos y los hago míos de nuevo, los saboreo una vez más para que se queden conmigo, para poder llevármelos tan pegados a mi piel que, aunque mi cuerpo se quede sin vida, mis momentos no me abandonen nunca.

Soy la vida que he vivido, con mis errores y mis aciertos. Y no cambiaría nada, ni siquiera mis equivocaciones, porque entonces todo sería distinto.

Pienso detenidamente en cómo todo en este mundo se encadena para llevarnos a algún sitio. Creo en el destino y creo que no podemos romperlo por mucho que nos empeñemos.

Me descubro de pronto perdida en mis pensamientos, removiendo sin parar con la cucharilla el café que tengo frente a mí.

Se me ha quedado frío.

Mis huesos están cansados y me mantienen en cama más de lo que me gustaría. Me cuesta cada vez más escribir en este cuaderno para plasmar mis momentos, mis pensamientos, mis recuerdos.

Creo que ha llegado la hora de despedirme, porque sé que me queda poco tiempo. Lo sé y siento a la vez miedo y paz, es una sensación extraña que no sé muy bien cómo explicar.

Sé que encontraréis estas páginas escritas cuando me haya ido y sé que os sumergiréis en ellas para descubrir qué tenía que contar.

A Laurence, que durante años estuvo conmigo amándome sin reserva y por el que habría dado mi vida si no se hubiese marchado ya de mi lado. Espérame, pronto me reuniré contigo.

A Simone y Natalie, las dos alegrías de mi vida. Os protegeré siempre aunque me haya ido, velaré vuestros sueños y todos aquellos instantes que, sin que os deis cuenta, marcarán vuestras vidas.

Os quiero.

FANTASMAS

Hay fantasmas que te acompañan toda la vida, tan palpables como una robusta mesa de madera. Viven contigo y no siempre los ve todo el mundo, porque casi siempre habitan en tu interior, compartiendo espacio con la sangre que corre por tus venas.

Mis fantasmas llegaron hace mucho y siguen conmigo y, lo peor de todo, es que no quieren irse.

Otro día tonto. Es mi mejor definición para esos días que, dentro de mí, siento grises, que tengo la sensación de que algo en mi interior no funciona y hace que toda mi existencia deje de marchar como debería.

Es una incógnita, una pregunta sin respuesta, porque llevo ya mucho tiempo dándole vueltas a lo mismo, intentando examinarme, averiguar qué es aquello que no funciona y no soy capaz de saberlo.

Miro por la ventana. Está lloviendo y esbozo una sonrisa irónica. Lo primero que pienso es: «Llueve, no me extraña». Mi yo interior tiene una forma curiosa de manifestarme los cambios de tiempo, mi mundo anímico se revoluciona.

Estando así, mis ideas van y vienen de forma precipitada y desordenada, nada tiene sentido, pero a la vez todo lo tiene. Me doy cuenta de cómo está afectando esto a mi vida, de cómo me está cambiando, modificando mi forma de ser, de comportarme, de existir. ¿Pero es que quiero existir? Todo me parece tan ridículo, tan absurdo, tan fuera de su sitio que me dan realmente ganas de tirarme por un puente.

Lo único que tengo claro es que no quiero seguir así, con esa evolución que no me gusta. ¿Cómo detener todo esto? Un grito al vacío, un grito sin voz, porque no sé a quién demonios hacerle esta pregunta.

Para mí todo tiene que ser perfecto, asquerosamente perfecto, y cuando deja de serlo, todo se descoloca, absolutamente todo. He odiado y odio esa sensación hasta la saciedad, pero sigue en mí y no me deja.

Cualquier insignificancia trastoca toda mi vida y esa sensación de ahogo y equivocación no se va con facilidad, se instala ahí dentro, en alguna parte, y no me deja respirar; me pone una opresión en el pecho que se me hace inaguantable y dolorosa.

No hay aire, no hay espacio ni tiempo, no hay nada más allá de esta sensación que me inunda por completo.

Me caigo, me hundo en un pozo sin fondo. Oscuro, muy oscuro. Profundo, muy profundo.

Se acaba el mundo. O eso es lo que pienso cuando no veo más allá de mi tristeza. Me vuelvo gris por dentro. Gris de nuevo.

Me torno oscura, melancólica, agonizante, vacía y llena. Vacía de alegrías, de sonrisas, de emociones. Llena de angustia, de lágrimas, llena de nada, llena del mismo vacío.

Hay un hueco dentro de mí en alguna parte y es un hueco que cada día, cada minuto, se vacía un poco más y no encuentro la forma de volver a llenarlo.

La vida es una línea recta, pero yo me he salido de ella una vez tras otra, he rozado la locura, he rozado el pánico y la soledad. Demasiadas veces, demasiadas para que mi persona siga viva, para que pueda apreciar la belleza de vivir y de seguir adelante.

No siento más que una pesadumbre densa y contenida que irrumpe en mi vida como una ola atacando la playa.

Me abandono a un destino que está escrito hace tiempo. Ya no soy consciente de donde me lleva mi tristeza, pero me lleva, y me dejo arrastrar, inmutable. No hay retorno.

La vida es para mí como un rompecabezas que no sé solucionar.

Soporto este infierno de agua y de sal, me quema con sus llamas y me corta las alas para no dejarme despegar.

Siempre el mismo pozo, el mismo abismo profundo que me arrastra con fuerza hasta llegar al final. Toco fondo, no tengo fuerzas para caminar.

Hay una luz a lo lejos, un rayo de sol que puja por salir. Me esfuerzo por verlo, por acogerlo y dejar que me llegue ese calor tibio que desprende. Miro al cielo, de un intenso azul. No hay nubes, no hay nada. Cielo. Hoy no hay fantasmas. Mi existencia no languidece, se ha asomado al agujero y ve el sol, el cielo, el arco iris, la luz.

Hoy no está oscuro. Hoy no hay preguntas, pero sí hay respuestas.

No soy fiel ni infiel, ni ángel ni demonio, sino una persona más de la muchedumbre que cubre las calles de mi ciudad en las tardes de invierno.

Hoy respiro soledad y la soledad me respira, pero estoy en paz, en calma. Hoy no hay fantasmas.

Siento el frío de la navaja sobre la piel. La hoja descansa allí, impasible, esperando.

El mundo es como una diminuta mota de polvo flotando en el aire, invisible, insignificante. Como yo. En un mundo que no ha sabido entenderme, en un mundo que yo no he sabido entender.

¿Se acaba aquí el camino? Podría haber sido de otra forma, más fácil, más bonita. Demasiados recuerdos.

¿Y la vida? ¿Dónde ha quedado? En realidad, no sé si en algún momento he llegado a estar viva.

Miro al cielo, y el cielo me acompaña. Gris con gris. Gris allá arriba y gris aquí dentro.

Vuelvo a mirar el filo de la navaja. Sigue allí, sobre mi muñeca, esperando.

Y las lágrimas por fin empiezan a correr por mi cara, pero no las siento, solo caen. ¿Ha llegado el momento? ¿Cómo se pone fin a una vida que ya no existe?

Hay muchas formas de que la vida siga, aunque ya no exista. Después del punto y final se puede cambiar de párrafo, aunque la temática sea la misma.

En lo que escribo siempre hay una tela gris de fondo, con cada trazo, con cada palabra, escupe finas telarañas que se van mezclando en la página y dan un nuevo sentido a todo lo que me rodea.

De vez en cuando una mota de luz brillante se escapa y rompe la monotonía. Pero la monotonía siempre vuelve, como las lágrimas, como la vida.

Tengo ganas de andar, de respirar en algún lugar cercano donde no haya nadie, de sentir la soledad, el viento, el murmullo de las hojas que parece que quisieran contarme algún secreto. Quiero caminar con los ojos cerrados y, sin temor a caerme, notar todo ese vacío y esa inmensidad alrededor, y estirar los brazos, que el aire me rodee, que me lleve, que me traspase.

Seguiré mi instinto para guiar mis pasos, siempre a ciegas, pero consciente de que estoy sola en este gran vacío.

El aire, la inmensidad, mi vida forman un bucle que me absorbe pero me abandono a esa sensación porque me reconforta respirar la soledad en esos momentos. Son segundos, minutos en los que me lleno de emociones.

Y después, por fin, con los ojos en negro, levanto la cabeza al cielo y esbozo una sonrisa.

La tarde se va cubriendo de una bruma repentina, rosácea, síntoma de que está llegando a su fin y dará paso a la noche.

Desde la ventana observo este juego de luces y colores en el cielo, lo impregna todo, cambia el aspecto de las cosas.

Juego a mirar los edificios, el suelo, los árboles... bajo esta nueva luz rosada. Le da una apariencia suave, nueva, tranquila.

Por unos momentos llevo ese halo de luz a mi vida, para teñir mi gris y apagarlo. El color me hace cosquillas, me recorre, me cambia, me tranquiliza.

El día varía si lo miro con otros ojos, bajo otra luz, más cálida, más dulce.

Va cayendo la tarde, y veo destellos anaranjados, amarillos, rojos... Ahora puedo mirar al cielo sin temor a caer en su trampa. Este cielo nuevo me embruja, me hechiza y aquí, tras la ventana, espero sentada a la noche, a la luna, hasta que se insinúa en el cielo, provocadora, brillante, de un blanco casi inmaculado. Se va haciendo grande, lo va llenando todo y llega una nueva luz.

Un rayo de luna ha venido a mi regazo y lo recojo para que se quede conmigo, al menos por esta noche, al menos hasta mañana.

La vida son sonrisas y lágrimas, lágrimas y sonrisas... Tengo un pasado oscuro, un presente indescriptible y un futuro incierto... Es todo lo que puedo ofrecer, no soy más que eso, no tengo más.

A veces desearía hacer la maleta, abandonarlo todo e irme lejos. Desaparecer, iniciar una vida allí donde no me conozca nadie, donde no sepan de mí: quién soy, de dónde vengo, qué pienso, qué siento... Llevar mi cuerpo, pero dejar atrás mis recuerdos, mi pasado, mi vida entera.

Hoy quiero preparar el equipaje y marcharme. Hoy quiero no volver.

Los días pasan. Iguales. Carentes de ilusiones.

Se acerca a mí despacio, sin apenas rozarme, pero siento el vacío que me deja y me invade una tristeza tan profunda, tan infinita, que me ahoga las ganas de vivir.

Le pregunto al aire por qué mi vida es tan oscura, por qué mi estrella me abandonó a mi suerte dejándome perdida en un vasto infierno que me abrasa con sus llamas, devorándome, pero sin permitir que me consuma del todo.

Mis días son tan grises como el cielo surcado de tormenta y mis lágrimas son gotas de lluvia que, según caen, contaminan mi alma hasta sus mismos cimientos.

Malherida por dentro, avanzo a ciegas por la vida sin fijarme donde piso, porque ya he dejado de luchar, me ha vencido y yo me rindo, me proclamo perdedora en esta historia en la que he dejado hasta la piel por el camino. Mi corazón late tan débil que ya ni siquiera puedo sentirlo. Como un reloj viejo, me otorga la poca vida que me queda y me hace seguir. A oscuras, sola y vacía.

He perdido el rumbo. Ya no soy yo quién lleva las riendas de mi vida. En realidad, ya no las lleva nadie. Me voy cansando de luchar, me voy cansando de enfrentarme a todo y voy dejando que el mundo pueda conmigo.

No tengo ganas de continuar ni fuerzas para seguir tirando de mí misma hacia arriba.

Me veo caer, una vez más. Poco a poco, impulsada hacia abajo en un lento descenso que me lleva a la oscuridad. A la oscuridad de mi vida. A la oscuridad de mi alma.

Y cierro los ojos. Y ya no hay nada más.

LA VIDA EN UNA BOTELLA

Cuando abro los ojos, me cuesta unos minutos reconocer dónde estoy. Mi sofá me ha servido de cama esta noche y, por el suelo, ruedan las botellas vacías.

Siento la boca estropajosa, el estómago revuelto y un dolor de cabeza que dudo mucho que me abandone en todo el día.

Me pongo en pie tambaleante y me dirijo al baño a mojarme la cara y aclararme la boca. Tengo que apoyarme en las paredes para poder llegar sin caerme, pero lo consigo y el agua me revitaliza y me hace sentir mejor durante unos segundos.

Desde que me quedé sin trabajo, mis mañanas son todas iguales. Mi cuerpo está compuesto de alcohol casi por completo. Sé que no debería beber, pero no puedo evitarlo, es lo único que me hace sentir bien.

Engullo un par de pastillas con un poco de agua y me meto en la cama a esperar que se me pase la resaca.

Al fin y al cabo, no tengo nada mejor que hacer.

Son las cuatro de la tarde cuando amanezco de nuevo.

Me pego una ducha y me caliento las sobras del día anterior. Al segundo bocado, llegan las náuseas y aparto el plato de mi vista con desagrado.

A estas horas, hace unos meses, estaba en plena faena. Trabajé durante veinte años en una tienda dedicada a la reparación y venta de electrodomésticos y tecnología. Era un buen vendedor, enfundado en un traje gris con corbata verde a rayas, el uniforme del establecimiento. Vendí día sí día también con total dedicación sirviéndome de mi pericia y de mi sonrisa.

No falté jamás y nunca me llevé de nadie una regañina, porque Evaristo Cifuentes sabía hacer muy bien su trabajo.

Sumergidos en plena crisis económica, decidieron que lo mejor era echarle el cierre al negocio y poner de patitas en la calle a los seis emplea- dos que llevaban allí toda su vida y que ya formaban parte de la familia.

Nos reunieron para darnos la noticia, fue como un jarro de agua fría, no supimos reaccionar y, cuando quisimos darnos cuenta, estábamos abandonando para siempre nuestros puestos de trabajadores especializa- dos para ir directos a engrosar las colas del paro.

Busqué incansablemente trabajo durante dos meses. Dos meses eternos en los que me cansé de recibir siempre un no por respuesta.

Y una tarde, cansado de todo, crucé la puerta de un bar, me senté a la barra y pedí una copa. Y fue ahí donde empezó y donde acabó todo.

Son solo las ocho y yo ya empiezo a sentirme borracho.

No he probado bocado en todo el día, pero mi cuerpo absorbe alcohol desde hace dos horas como si fuese una esponja.

Sentado en una mesa al fondo, me dedico a llenar mi estómago de líquido y a observar lo que acontece a mi alrededor, aunque cada vez lo percibo de forma más difusa.

Me levanto y, haciendo eses, pago mis consumiciones y me marcho a casa. Me cuesta un triunfo llegar, y eso que vivo cerca.

—Mira la curda que lleva ese tío, ¡ja, ja, ja, ja! ¿Lo has visto? Si no se tiene ni de pie con la hora que es. Qué pena.

Yo, que siempre fui un galán seductor, ahora solo provoco lástima. No tengo muy claro si eso me importa o no ahora mismo. Me desprendo de la ropa, que tiro por el suelo y, desnudo por completo, me hago unas patatas fritas y un par de huevos. Lo pongo en una bandeja para cenar frente a la tele y, de paso, cojo de la despensa una botella de la ginebra más barata que encontré en el supermercado. Mientras miro la pantalla sin enterarme muy bien de lo que estoy viendo, doy buena cuenta de mi cena y de mi botella.

Tengo un *déjà vu*. Vuelvo a despertarme en el sofá, rodeado de botellas vacías y con una tremenda resaca. La situación se repite día tras día y sé que tengo que ponerle remedio cuanto antes, pero es tan difícil resistirse al embrujo que el alcohol ejerce sobre mí...

Me atrae como una puta barata hacia sus brazos y me hace caer llevado por mis instintos más básicos.

Me levanto y voy al baño casi a gatas. Es como un ritual, siempre sigo los mismos pasos.

Abro el grifo de la bañera y dejo que se llene. Me sumerjo en el agua tibia, que me alivia, me cura y no me deja pensar en mi desgracia.

Estoy totalmente solo. Mi mujer y mis hijos hace años ya que me abandonaron por culpa de mis líos de faldas, y perdimos el contacto. No sé donde están ni qué será de sus vidas, pero seguro que son más felices de lo que lo eran viviendo conmigo, porque para mí, en aquel entonces, solo existían el trabajo y las mujeres.

Paula fue la gota que colmó el vaso. Mi mujer hizo las maletas y vi como los tres salían por la puerta para no volver. La única despedida que tuve fueron las lágrimas de mis hijos y las duras y bien merecidas palabras de mi esposa.

—Espero que te vaya bien con esa furcia, desgraciado. Tendrás noticias de mi abogado.

Aún hoy, tantos años después, la sigo viendo cruzar esa puerta, abandonando para siempre a un hombre que nunca había sabido tratarla como se merecía.

En aquellos momentos, apenas me importó. Paula se vino a mi casa y durante unos meses todo marchó bien, hasta que la pillé con un hombre más joven. Al fin y al cabo, Paula podía permitirse algo mucho mejor que yo.

Deambulé de cama en cama durante un tiempo, hasta que los años se me fueron echando encima y esas jovencitas que tanto me gustaban perdieron su interés por mí y pasaron a definirme como un viejo verde.

El orgullo de un hombre cae en picado cuando lo rechazan y yo me sentí como un perro apaleado.

El despido fue, al final, la última gota de mi vaso.

Y aquí estoy, perdido en un mundo etílico del que no sé escaparme.

Volcado sobre el lavabo, vomito todo el alcohol que llevo dentro y me quedo con un sabor amargo de bilis en la boca.

Me limpio con el reverso de la mano y me enjuago bien con agua antes de mirarme en el espejo. Ese despojo soy yo ahora. No tengo absolutamente nada a lo que aferrarme para seguir a flote.

Para quitarme este sabor odioso, agarro la botella y le doy un buen trago a palo seco que me quema las entrañas. Igualmente le doy otro, y otro, y otro.

Si sigo a este ritmo, a media tarde estaré tan pedo que no podré ni moverme. Acabo así todos mis días, por lo que cuanto antes empiece, mejor.

Me paseo en calzoncillos por la cocina haciendo un baile ridículo mientras echo una chuleta a la sartén y la frío con mucho aceite. Si no me mata el alcohol, lo hará el colesterol cualquier día de estos.

De mi mano no se suelta la botella de ginebra a la vez que intento olvidar lo feliz que fui en otro tiempo, cuando tenía todo el mundo a mis pies y no sobre mi cabeza.

Es de noche y estoy tumbado sobre el pequeño cuadrilátero de césped que tengo frente a mi casa. A mi mano sigue pegada una botella, vacía del todo, y otra más descansa muy cerca.

Parece que alargué la fiesta más de lo debido. No me acuerdo prácticamente de nada, pero llego a darme cuenta de que sigo en calzoncillos y de que la puerta de mi casa está abierta de par en par. Suerte que las paredes que rodean mi hogar no dejan que los vecinos vean lo que ocurre dentro, sino probablemente habrían llamado a la policía ante semejante espectáculo.

Me arrastro como un reptil sobre la tierra, intentando alcanzar la entrada, pero me cuesta. Tras varios minutos y paradas, consigo entrar en casa y, cerrando la puerta de una patada, me quedo allí tumbado en el recibidor ante la imposibilidad de levantarme.

Con la luz encendida y notando contra mi espalda el frío de las baldosas, me quedo dormido hasta el día siguiente.

Cada resaca es peor que la anterior. Siento que cualquier día voy a explotar en mil pedazos por todo lo que he ingerido.

A pesar de saber cómo me sentiré al día siguiente, sigo dándole a la botella.

Mi vida se precipita de cabeza y cuesta abajo hacia un abismo sin fondo. Necesito ayuda, porque yo solo no soy capaz de salir de esto. Hay momentos en que me doy cuenta del problema que tengo, pero cuando se me pasa la resaca, todo se me olvida por completo y vuelvo a caer una y otra vez en lo mismo.

Necesito que alguien se preocupe de mí, que alguien me diga que no está bien y que hay una salida, que yo puedo. Se me vienen a la cabeza esas reuniones de alcohólicos anónimos que salen en las películas, pero no me veo plantado frente a un nutrido grupo de desconocidos diciendo:

—Hola, me llamo Evaristo y soy alcohólico.

No sirvo para llorar en público, además ni siquiera estoy seguro de ser un alcohólico. Bebo mucho, sí, pero... quizás simplemente tenga que plantearme no volver a probarlo, así de sencillo. Y, envalentonado con esta idea, vacío el contenido de las dos botellas que me quedan en el fregadero.

No sé si es peor la resaca o estas ganas de beber que tengo.

A lo mejor no es tan fácil decirle que no a la bebida. A lo mejor sí necesito que me echen un cable para poder salir de este círculo vicioso.

Estoy intentando controlarme para no lanzarme en busca del primer bar que encuentre, pero me estoy volviendo loco. Revuelvo desesperado los armarios de la cocina en pos de alguna botella, aunque sé que no tengo ninguna.

Rebusco en la basura las que tiré unas horas antes y meto en el orificio de la nariz todo lo que puedo para olerlo. Le paso la lengua y la empino lo máximo posible a ver si se desliza alguna gota.

No aguanto más, necesito urgentemente una copa y ahora ya no opongo resistencia. Echo a correr como un desesperado por el ansia de encontrar cuanto antes alguien que me sirva un trago.

Entro jadeando en la primera cantina que veo en el camino y, dirigiéndome como una flecha hacia la barra, pido suplicante que me pongan una copa. Me la llevo inmediatamente a la boca y me trago casi la mitad de una vez.

La máquina se ha puesto en marcha de nuevo.

Han pasado cuatro meses desde aquella tarde y, desde luego, no fue una tarde cualquiera.

Dejé mi vida casi ahogada en una botella. Me encontraron tirado en medio de la calle al borde de un coma etílico que me llevó directo al hospital.

Durante unas horas, todo fue confuso, apenas lo recuerdo, pero como resultado de aquello, alguien se preocupó por mí y me echó ese cable que necesitaba.

Me pongo de pie, esta vez sin tambalearme, y avanzo con paso firme, con la cabeza bien alta y, mirando hacia mi público, digo por fin las palabras mágicas.

—Hola, me llamo Evaristo, soy alcohólico y llevo cuatro meses sin probar una gota de alcohol.

TRANSICIÓN

EL QUE TROPIEZA Y CAE, PONE EL DESTINO A SUS PIES

11 DE NOVIEMBRE. 05:42 A.M.

Me reparto entre la consciencia y la inconsciencia. Mi mente está despierta a intervalos y, en ellos, aprovecho para intentar averiguar dónde me encuentro y por qué no puedo moverme.

Me rodea la oscuridad y tengo el cuerpo dolorido. Me esfuerzo por recuperar la lucidez mientras lucho por zafarme de aquello que me aprisiona y que no me deja hacer ningún movimiento, pero no soy capaz por más que forcejeo.

Lo único que sé es que estoy en un espacio muy reducido y que me falta el aire.

Y siento que me desvanezco de nuevo.

10 DE NOVIEMBRE. 21:30 P.M.

He perdido el autobús, como siempre, y cuando bajo de él, me toca recorrer el último tramo corriendo a pesar de ir subida en unos tacones de doce centímetros.

Los veo reunidos haciéndome gestos en los que señalan varias veces la esfera del reloj con los dedos.

—Lo sé, llego tarde.

—¿Es que no eres capaz de llegar a la hora ni una sola vez?

Esto me lo dice María mientras me suelta un par de sonoros besos en las mejillas. Tras ella, en fila india, el resto del grupo, de los que voy recibiendo de uno en uno tantos besos como recriminaciones.

Una vez al mes intentamos reunir a la vieja pandilla en una quedada que implica picotear algo, beber mucho y alargar la noche hasta altas horas de la madrugada.

Hoy estamos todos. Hacía tiempo que no nos juntábamos al completo. Ya se sabe, la edad acarrea compromisos y responsabilidades en la misma medida que reducción de tiempo libre.

Marcos me agarra por la cintura y se acerca a mi oído solo para susurrarme que cada día estoy más guapa. Le devuelvo el cumplido con una sonrisa y un beso, y caminamos un rato así mientras me pone al día de sus últimas conquistas.

Con Marcos me pierdo. Me habla de Lucita, de Cecilia y de Carmen como si yo las conociera. Con él es mejor no aprenderte ningún nombre, porque cambia de mujer más que de camiseta.

Es un niño mono y tiene una labia que encandila. A mí también me hizo caer en sus redes hace unos años como una tonta hasta que abrí los ojos y vi que aquello podía ser maravilloso para unos días, pero que no tenía más futuro que eso.

Después de aquello, continuamos siendo amigos, quizás más todavía que antes. Aunque él, yo creo que ya por la fuerza de la costumbre, no perdía oportunidad de lanzarme la caña por si colaba.

—No seas acaparador, que hace tres meses que no la veo.

Merche a mi rescate. Una de mis mejores amigas desde que éramos niñas. A los veinte se quedó embarazada, así que a pesar de ser tan joven y tener cara de niña, ya estaba felizmente casada y era madre de un niño precioso, lo que no le dejaba mucho tiempo para los amigos.

Entre risas y anécdotas varias, seguimos al resto del grupo hasta el Red Lagoon, el restaurante chino en el que vamos a cenar esta noche. Sushi, fideos y arroz con *wasabi* y mucha salsa de soja.

11 DE NOVIEMBRE. 06:39 A.M.

Todo sigue igual de oscuro y yo me debato en el aire para liberarme de esta prisión eventual. Sigo sin ubicar dónde estoy, tengo lagunas en mi memoria que no me dejan hilar toda la secuencia hasta llegar al lugar en el que me encuentro actualmente, sea cual sea este sitio.

Tengo dormidos piernas y brazos, me duelen la cabeza y la espalda y me angustia cada vez más la idea de estar encerrada en algún lugar y no saber por qué.

No oigo ningún ruido, solo silencio y, por puro instinto, grito. Grito hasta que empieza a dolerme la garganta, pero no hay ningún cambio.

Empiezo a hiperventilar, me falta el aire y comienzo a llorar desconsolada, muerta de miedo y de frío, sabiéndome perdida en medio de algún sitio desconocido.

Lagrimeo sola, sin poder parar de hacerlo, sintiéndome tan lejos de todo, tan abandonada y tan desconcertada, que me cuesta pensar con claridad.

No sé qué hacer y en ese momento justo en que creo que no puedo estar más desesperada, oigo algo cerca de mí. Algo que me desconcierta y me para el corazón de golpe.

10 DE NOVIEMBRE. 23:52 P.M.

La cena se ha alargado bastante, el día ya roza casi la medianoche y nos dirigimos hacia el primer garito.

El Martin's es nuestra segunda casa. Llevamos visitándolo desde los quince años, así que estas cuatro paredes nos han visto crecer e incluso guardan muchos secretos inconfesables que es mejor que no se escapen de aquí nunca.

Atacamos la primera copa con ganas y la digerimos como si fuese agua, pasando a la segunda y a la tercera. Bailamos, hablamos, reímos y nos ponemos al día de nuestras vidas, aunque mantenemos un contacto tan estrecho, que a veces es difícil tener algo nuevo que contar.

Aparte de María, Merche y Marcos, también conforman el grupo Nerea y Charly. Estos dos últimos llevan media vida juntos pero, a pesar de ello, aún les miro y parece que están empezando su historia de amor.

La verdad es que me encuentro muy a gusto pasando las horas con ellos sea de la forma que sea y se me pasa el tiempo volando.

11 DE NOVIEMBRE. 07:15 A.M.

Cerca de mí he sentido un leve movimiento y una especie de quejido. Se me corta la respiración de forma instantánea.

—¿Hola?

Por respuesta suena un gemido. Junto a mí hay alguien y parece estar en peores condiciones que yo.

—¿Quién eres? ¿Sabes dónde estamos?

Solo ese lamento quejumbroso, ninguna palabra sale de su boca. Quizás esté herido o amordazado.

—Me llamo Susi. No sé dónde estamos, pero no puedo moverme.

Alguien está encarcelado conmigo y no podemos comunicarnos. Me desespero y pierdo los nervios. Vuelvo a gritar de nuevo a la noche, esta vez en un alarido, uno solo, pero tan desgarrador que haría temblar a cualquiera que lo oyese.

11 DE NOVIEMBRE. 3:13 A.M.

La noche avanza a pasos agigantados de la misma forma que nuestra embriaguez, así que a las tres de la mañana ya tenemos la risa floja y la visión borrosa. Si seguimos a este ritmo, mañana no nos acordaremos de la mitad de la fiesta y tendremos que recomponerla entre todos. No sería la primera vez…

Marcos y yo estamos demasiado cerca, más de lo que deberíamos y, aunque no ha pasado nada, mis amigas me echan miradas reprobatorias con las que pretenden advertirme de que no me meta donde no debo.

Sé que tienen razón, pero Marcos es tan irresistible y el alcohol me hace verlo todo tan fácil… Se arrima cada vez más y yo me dejo. Correspondo y le devuelvo la jugada juntando más todavía mi cuerpo al suyo.

Siguiendo la música, cuerpo con cuerpo, mirándonos a los ojos, los dos sabemos que vamos a acabar cayendo. Quizás no queremos, quizás no es lo más apropiado, pero no hay remedio. Yo lo sé y él lo sabe.

11 DE NOVIEMBRE. 07:47 A.M.

Me duermo y me despierto continuamente sin poder remediarlo. A mi lado ese lamento que no sé a quién pertenece se manifiesta de poco en poco. Sea quien sea, debe estar sufriendo, quizás más que yo, porque no puede expresarse y seguro que también necesita alguien que le escuche y comprenda lo que siente.

¿Qué se le pasará por la cabeza? ¿Tendrá tanto miedo como yo? ¿Sentirá tanto frío? Yo no dejo de tiritar y comienzan a castañetearme los dientes. Cada vez me duele más la cabeza y parte de culpa es del alcohol que llevo en el cuerpo.

Algo de luz se filtra por alguna parte y ya no está tan oscuro.

Empiezo a discernir formas a mi alrededor, aunque aún no distingo claramente que son, sí constato lo que percibí en un primer momento, que estoy en un lugar reducido.

Han dejado de oírse los quejidos y no sé si sentirme aliviada por ello o si preocuparme, porque ignoro en qué estado está esa otra persona.

Percibo un ruido en el exterior que identifico claramente y entonces una idea fugaz cruza por mi cerebro. Una idea que me revela dónde puedo estar y cuál es el motivo, incluso... incluso quién es esa persona que tengo tan cerca.

Me petrifico en el sitio, con más ganas de llorar y de gritar que antes, y empiezo a pedir ayuda con todas mis fuerzas.

11 DE NOVIEMBRE. 04:00 A.M.

Estamos increíblemente cerca, tanto que ni nos damos cuenta de que estamos rodeados de gente. Y al final, no sé si empieza él o si soy yo, pero acabamos besándonos como lo hicimos la primera vez hace seis años.

El juego de lenguas y de manos hace que suba rápidamente la temperatura de nuestros cuerpos y nos perdemos contra una esquina de la pared, la misma que entonces; el mismo rincón que fue testigo de nuestra lujuria aquella vez, lo es ahora también.

La mezcla de alcohol y deseo hacen que no controle la situación y me deje llevar hasta donde Marcos quiera llevarme.

11 DE NOVIEMBRE. 08:16 A.M.

Todo va estando más nítido, quizás demasiado, quizás más de lo que me hubiera gustado, porque por fin veo mi prisión y a mi compañero de viaje y el pánico se ha apoderado de mí de forma incontrolable.

Siento el efecto del alcohol en mi cuerpo, pero voy igualmente juntando las piezas que forman el rompecabezas.

Oigo voces fuera, pero no puedo moverme y apenas tengo fuerzas.

Lo último que hago es mirarle y echarme a llorar de nuevo, antes de perder el conocimiento.

11 DE NOVIEMBRE. 04:30 A.M.

Abandonamos por un momento nuestra fusión de besos y volvemos con el grupo con una risa tonta en los labios.

Merche me mira sin decir nada, solo me hace un gesto que quiere decir «tú sabrás lo que haces, pero luego no me digas...».

Fue ella la que más aguantó mis lloros la primera vez, cuando la realidad me golpeó como un batacazo y me hizo ver que Marcos era un amigo ideal, pero un hombre que se perdía irremediablemente en las primeras faldas irresistibles que viera.

Algo, debajo de todo ese alcohol que llevo encima, me dice que tiene más razón que un santo y que me acabaré arrepintiendo de esta noche. Pero ya es tarde para eso.

11 DE NOVIEMBRE. 09:43 A.M.

Cuando recupero el conocimiento, ya ha amanecido y estoy rodeada de luces y de gente que me pregunta si estoy bien. Apenas puedo articular palabra, me siento extremadamente débil.

Con la mirada me afano en buscarle y le veo en otra camilla. Han conseguido sacarnos de nuestra prisión, no sé si demasiado pronto o demasiado tarde.

El coche está un poco más allá y es un amasijo de hierros. Me sorprende haber salido de allí con vida y doy gracias en mi interior, una y mil veces, por seguir con los ojos abiertos de momento.

No recuerdo el accidente, por más que me esfuerzo. Todo está difuso, borroso en mi cabeza.

Me hablan pero no les oigo ni les entiendo, es como si estuviera en otra parte. Mis ojos están clavados en él, unos pocos metros más allá. En un bulto inerte que acaba de ser cubierto por completo y ya no me muestra su rostro, totalmente oculto bajo la tela.

11 DE NOVIEMBRE. 04:48 A.M.

Cuando quiero darme cuenta, Marcos ha desaparecido y mi instinto me hace buscarle.

Hubiera querido no encontrarle, pero ya le he visto y en mi cabeza solo se repite una frase: «Eres una estúpida». Una frase que me dedico a mí misma porque Marcos está un poco más allá perdido en otra boca.

Tengo ganas de llorar por el despecho, por el desprecio, porque le conozco y a pesar de todo he caído otra vez, porque le agarraría de los pelos y le daría un par de bofetadas pidiéndole explicaciones. Pero no voy a llorar ni a acercarme a él ni un solo paso. En lugar de eso, decido ponerme a su altura y busco un objetivo. Un chico alto y moreno con unos ojos verdes de impresión al que descubro mirándome.

Avanzo decidida hacia él con la firme intención de olvidar a Marcos en los brazos de otro hombre.

Una copa y un rato de conversación son suficientes para que este chico, del que he olvidado el nombre, y yo nos lancemos el uno al otro con el deseo de pasar esa noche juntos.

Y, entre besos y risas, decidimos ir a su casa para ahogar las ganas mientras nos dirigimos de la mano hacia su coche, rumbo a una carretera que apenas tiene vida, pero que nos llevará indefectiblemente, aunque nosotros aún no lo sepamos, al que será nuestro destino.

EL DESPERTAR DE LA MEMORIA

Un sonido estremecedor, seco y contundente, se expandió en la soledad de aquel terreno baldío que tenía frente a mí, como un latido enorme procedente de un ser sobrenatural. Se repetía con un tic-tac constante, empequeñeciendo el corazón que yacía en mi pecho ennegrecido por el pánico. La nieve comenzaba a ser visible sobre la naturaleza agreste que divisaba y también sobre mi piel, que iba quedando oculta bajo aquel abrigo blanco que me mantenía alerta por el frío contacto. Frente a mí, la estela de huellas que mis pies descalzos habían dejado hasta llegar hasta allí, empezaba a desdibujarse.

Aquel sonido que no lograba identificar seguía martilleando mi cerebro sin descanso y todo lo que podía hacer era ocultar mis oídos con las palmas de las manos. Mi cuerpo helado se deslizaba en un vaivén incesante hacia atrás y hacia delante.

—Para. Para. Para. Para.

Sentía que me arropaban, que un chorro de palabras vacías caían sobre mí sin llegar a rozarme. Me encogí por instinto mientras me echaba a temblar sin atreverme a abrir los ojos que soltaban un torrente de lágrimas de forma callada. La voz llegaba a mí lejana, ininteligible al principio, pero poco a poco mi cabeza iba captando palabras sueltas y, entre ellas, mi nombre.

—Delia... Delia, ¿cómo te encuentras? ¿Puedes abrir los ojos?

Algo dentro de mí me obligaba a no hacerlo, a permanecer imperturbable en mi letargo inducido por largas sesiones de fármacos y preguntas.

Fármacos y preguntas, preguntas y fármacos. El mundo de pesadilla que había reinado a lo largo de mis días y noches hasta hacía unas horas seguía en mí, habitando en mi interior. Y sabía que se quedaría para siempre.

Mis párpados iniciaron un leve movimiento ascendente, luchando con el impacto de algo que hacía tiempo que no veía: luz. Me sentí como un retoño recién venido al mundo descubriendo con la misma dosis de angustia que de interés lo que mi entorno me ofrecía, distinguiendo apenas unas sombras que se arrastraban frente a mis ojos desgastados de no usarlos. La voz que me llamaba constantemente procedía de la figura más cercana a mí. Un hombre de aspecto duro, curtido por el paso del tiempo o por todo lo que había visto. Al mismo tiempo transmitía una especie de dulzura que traspasaba todos sus poros, aunque él intentase reprimirlo. Intenté hablar, pero tenía la sensación de haber perdido el don del habla, me costaba articular una frase coherente, solo balbuceaba palabras inconexas.

—Noche... Aire... Duele... Aire, aire, aire, aire, aire.

—Tranquila. Respira. Estás a salvo.

Se apartó un poco para dejar que los sanitarios me atendiesen y calmasen mis nervios. Vi la aguja de una jeringuilla depositar un líquido transparente en el tubo que estaba conectado a mi brazo.

— Tenga paciencia. Está en estado de *shock*. Dele tiempo y podrá hablar con ella. Está deshidratada. Debe llevar varios días sin alimento y sin agua. Está llena de marcas de pinchazos. Averiguaremos qué le han estado suministrando.

Me dejé vencer por el sopor que me invadía lentamente mientras escuchaba otra vez voces a lo lejos. Y luego... nada.

Desperté unas horas más tarde, aunque no sabía precisar el tiempo exacto que había pasado. Me encontraba desorientada y asustada. No conocía el lugar en el que estaba, pero a todas luces era un centro médico. Varios cables salían de mi cuerpo como si fuesen apéndices extraños pugnando por explorarme y eso me puso ligeramente nerviosa, aunque me esforcé por controlar mi respiración y abstraerme de mi entorno.

Intenté encajar las piezas. Era difícil recordar con exactitud todo lo que había ocurrido desde que una mano masculina y grande tapó mi boca en el parking de un edificio anexo al mío en el que aparcaba todos y cada uno de los días tras salir de la universidad. No vi su rostro en ningún momento. No me lo permitió. Siempre que se presentaba ante mí lo hacía con un pasamontañas y solo podía fijarme en sus ojos anodinos y en sus manos. Aprendí a reconocerlas casi a ciegas en aquella habitación oscura, a distinguir las venas finas que la recorrían y el vello que las cubría. Tenía pesadillas con esas manos continuamente.

Creo que lo primero que recuerdo es el momento en que me desperté en mi cautiverio, quizás en un sótano de una vivienda abandonada, anclada a una vieja cama de hierro oxidado cubierto por un colchón de lana que hacía que me doliesen todos los huesos. Permanecí allí una sucesión de días, quizás de meses, sin adivinar siquiera donde estaba o qué hacía allí. Ni una pista.

Recibía de vez en cuando un vaso de agua sucia que bebía con ganas obviando su sabor enmohecido. Más raras eran las veces que me daba a probar un poco de comida, siempre recalentada, de una lata. Me recorrió un escalofrío con la nítida visión en mi mente de aquella cárcel que había sido mi casa y me había dado cobijo, bloqueando mi memoria.

No podía recordar más. No quería.

Entre sueños me llegaban pequeños fragmentos de mi cautiverio que hacían que mi cuerpo se sacudiese en espasmos compulsivos. Notaba actividad a mi alrededor de vez en cuando. Gente que entraba y salía, que me observaba. Trozos de frases que se decían junto a mi cama.

—… Arsénico en pequeñas dosis… Han tenido mucho cuidado… Sí… Su color de piel, el estado de *shock*, los daños en los riñones… Poco común… Secuelas de por vida… Pobrecilla, ha tenido que vivir un infierno.

Me sentía la protagonista de una película de terror demasiado real. Quería sellar con un fuerte candado lo que había sufrido, pero a la vez quería saber, saberlo todo. Rellenar las lagunas, saber porqué, saber quién era el dueño de aquellas manos que me perseguían en pesadillas. Todavía no me encontraba con fuerzas para despertarme y hablar, y mucho menos para recordar, así que me dejé llevar por el agotamiento, por el sueño, por la tranquilidad de estar a salvo allí donde estuviera ahora mismo y, de nuevo, me quedé profundamente dormida.

Desperté empapada en sudor, con la sábana y el camisón totalmente pegados al cuerpo. Una sombra a mi lado se levantó de su asiento para

dirigirse a mí y mi corazón estuvo a punto de pararse. Mi secuestra-
dor también me observaba en silencio, sentado en una silla de madera y
mimbre durante horas sin cansarse, para ver mi miedo, mis delirios, mis
llantos, mi locura. Me tranquilicé al ver al policía que unos días antes me
llamaba por mi nombre en medio de una carretera perdida en ninguna
parte. Me sonrojé al pensar que cuando me encontraron estaba desnuda,
tendida en el suelo duro y casi cubierta por completo por la nieve.

—Tranquila. ¿Cómo te encuentras?

—Muy cansada —apenas reconocía mi propia voz porque hacía tiempo
que ya no la oía, pero me sonaba gangosa, forzada.

—¿Crees que es buen momento para decirme qué recuerdas? Me ayu-
daría en mi…

—¿Cuánto tiempo? —Me miró con extrañeza y repetí mi pregunta—.
¿Cuánto tiempo he estado… fuera?

—Treinta y nueve días. Un agricultor te encontró hace tres días en sus
tierras y nos llamó inmediatamente. Estabas al límite de la hipotermia.
¿Recuerdas cómo escapaste o si alguien te ayudó o te dejó marchar?

Una luz se activó en mi cerebro y una cascada de imágenes acudie-
ron a mí como secuencias programadas y, sin poderlo remediar, sufrí un
colapso nervioso. La habitación comenzó a llenarse de gente que corría
presurosa por salvar mi vida mientras yo no hacía nada por conservarla.

Consiguieron estabilizarme y, con el paso de los días, regresé a mi her-
metismo. No había vuelto a pronunciar ni una sola palabra desde el
momento en que los recuerdos desbordaron mi mente y me vi a mí misma
semidesnuda, unida a unas cadenas que oprimían mis muñecas y tapada
con una manta raída que apenas me protegía del frío. Solo me soltaba
cuando él consideraba que yo tenía que descargar mi vejiga en una taza
que nadie había limpiado en años. Durante treinta y nueve días no tuve
oportunidad de disfrutar de una ducha o de algún momento de intimidad
para cubrir mis necesidades básicas y aprendí a soportar los pinchazos
como si nunca en mi vida le hubiese tenido miedo a las jeringuillas.

La misma rutina día tras día hasta que dejó de importarme. La misma
rutina día tras día hasta que me despertó soltando mis cadenas y susu-
rrándome al oído: «Es tu momento de escapar. Corre».

Y corrí, a pesar de no tener apenas fuerzas para mantenerme erguida,
arrastré mis pies en medio de una noche oscura como boca de lobo mien-

tras me perseguía un zumbido en mi cabeza y me acompañaban los copos escarchados. Corrí en mitad de la nada hasta que me fue imposible dar un paso más y me dejé caer en el suelo para morir allí sola. Sin ropa, sin vida, sin futuro, sin nada.

Desperté una vez más sobresaltada, con la imagen en mi mente de un camino de pisadas en la nieve. Me producía angustia pensar que, más tarde o más temprano, tendría que abandonar el hospital y volver a mi domicilio. Me aterraba pensar en ello, porque allí me sentía segura, a pesar de que la investigación había llegado a un punto muerto.

A unos pocos kilómetros de distancia del lugar en que me encontraron, hallaron mi prisión, sin más huellas que las mías. Y yo, aparte de la descripción exhaustiva y minuciosa de sus manos, poco podía aporta ya para arrojar más luz sobre los hechos.

Reparé entonces en que, junto a mi cama, había un pequeño ramo de petunias que el día anterior no estaba. Un sobre emergía de entre los pétalos violáceos. Extraje la nota con cuidado y algo cayó de su interior sobre la cama, un pequeño recorte de periódico que anunciaba el secuestro cuatro días antes de una joven de mi edad. Se me aceleró el pulso, me temblaban las manos cuando tomé la nota entre mis manos y leí las cuatro palabras que contenía: «Ha Vuelto A Empezar».

La lluvia repiqueteaba en la ventana con fuerza mientras mi consciencia se perdía para siempre en el recóndito rincón del cerebro del que ya no se regresa.

NOCHES ROTAS, MUÑECAS ROTAS

Mis muñecas están vivas y salen de noche.

Mis muñecas lloran a escondidas, sin poder contarme lo que les ocurre porque están rotas.

SHEILA

Aquel chico me hizo sentir como una princesa y fue eso precisamente lo que me cautivó y me llevó a sus brazos.

Nos conocimos en medio de la noche, por pura casualidad, pero congeniamos desde el principio. Estaba de paso en mi ciudad, así que sabía que no volvería a verle.

Pasamos horas intercambiando palabras y miradas, conociéndonos todo lo que el alcohol y la música nos permitían. Estuvo pendiente de mí toda la noche, haciéndome sentir especial aunque fuese algo efímero hasta que, sin darnos cuenta, acabamos unidos en un beso que más tarde prolongamos en una habitación de hotel del centro.

Espontáneo, natural, como si nos conociéramos de toda la vida, haciéndonos olvidar por unos instantes el mundo que había fuera de aquellas paredes. Cuando acabamos, nos quedamos dormidos brevemente, abrazados, y despertamos al unísono poco después para hacer el amor de nuevo antes de despedirnos para siempre.

Tras un beso en la puerta del hotel, volvimos nuestros pasos en direcciones opuestas sin mirar atrás, perdiéndonos en las fauces del día y con una sonrisa en los labios fruto de esa noche que habíamos decidido compartir sin ser nada ni querer ser nada, simplemente atraídos el uno por el otro por el espacio de unas horas.

MARTINA

Fue quizás la venganza lo que me impulsó a los brazos de otro hombre.

Ese sabor amargo en la boca que te deja la derrota, el sentirte engañada y herida por la persona que creía que constituía el centro de mi vida. Y decidí dejar que esa noche pasara lo que tuviera que pasar, sin expectativas pero abierta a todo, receptiva.

Fue ese poderío, ese sentimiento, lo que me guio durante aquella noche en la que quería huir de todo sin remedio y vivir en otra dimensión donde el dolor no apremiase tanto.

El alcohol corría por mis venas en grandes dosis hasta que perdí la noción del tiempo. Me descubrí en medio de unos brazos que desconocía, de unas manos que recorrían despacio explorando milímetro a milímetro mi cuerpo excitado y salvaje. Ese cuerpo que aquella noche no me pertenecía, y que se dejaba arrastrar en una experiencia entre el alcohol y el placer que apenas me dejaba pensar.

No sabía quién era, no sabía dónde estaba ni cómo había llegado hasta allí, pero le dije que me hiciera suya como si no me importara lo más mínimo y disfruté sin complejos, sin arrepentimientos, con el regusto dulcísimo de la venganza consumada.

Al día siguiente abrí los ojos en una habitación que no conocía y vi por primera vez con claridad a quien tenía al lado.

Me escabullí de entre las sábanas para no despertarle. Aquel hombre anónimo nunca sabría de verdad lo que me había concedido aquella noche, pero yo se lo agradecería toda la vida, porque había roto por fin el vínculo que me unía a mi pasado.

Sin hacer ruido, me zafé de la semipenumbra de la habitación, le lancé un beso en silencio y abandoné aquella casa sintiéndome una mujer nueva dispuesta a todo.

LEYRE

Siempre quise perder la virginidad con alguien que no importase. Dicen que la primera vez no se olvida nunca y yo no quería recordarla.

Cuando surgió la oportunidad, en mitad de un campamento de verano, ni siquiera lo vi llegar. Llevaba varios años en mi vida, era uno de mis mejores amigos, una de esas personas que han crecido contigo y con los que has compartido infinidad de momentos.

Nunca habíamos estado solos de noche, tendidos sobre la hierba al amparo de la luna. Tumbados allí, divagábamos mientras reíamos y fumábamos un poco de maría.

Su mano enganchó la mía sin que me diese cuenta y yo contuve la respiración sin apenas moverme.

Le sentí acercarse a mí, muy lentamente, tanteando el terreno, mientras yo seguía quieta.

Me encontré con el sabor de su boca en la mía antes de ser consciente de ello y seguí el juego de su lengua sin oponer resistencia.

Tras los besos y las caricias, nos perdimos bajo el manto de estrellas que cubría el cielo en la oscuridad de la noche. Fue doloroso y placentero a un tiempo, pero después sentí vergüenza y, con pudor, comencé a vestirme de nuevo.

Me quedé en silencio, inmóvil, sin saber qué haría al día siguiente cuando tuviera que mirarle a la cara con la claridad del día. Protegidos por la oscuridad que nos rodeaba, continuamos así, mirando al cielo, sin hablar, solo uno al lado del otro escudriñando ese techo inalcanzable que, allí arriba, había sido el único testigo de nuestro encuentro.

YOLANDA

Me arrepentí mientras le daba el primer beso porque, aunque ya no tenía que guardarle fidelidad a nadie, seguía enamorada de otra persona de forma casi enfermiza.

Me convenció la noche y me hizo caer en los labios de un hombre que me adulaba como si no hubiera más mujer en el mundo que yo.

Masticaba sus palabras sin tragarme ninguna, pero le dejaba pensar que, víctima de mi inocencia, le creía. En realidad, estaba demasiado rota por dentro como para confiar en nadie Me habían hecho demasiado daño como para volver a creer en cualquier demonio con boca de ángel.

Me besó y le besé, aunque mientras mordía sus labios mi mente viajaba rumbo a otra persona y decidí no seguir adelante, decidí detenerme.

Tras cuatro o cinco besos regalados, me perdí en la maraña de gente para no volver más. Aunque él no lo sabía.

LOLA

Ver a mi amiga Rebeca comiéndole la boca al hombre que yo llevaba camelándome toda la noche, me hizo sentirme francamente mal. Inferior, desprotegida, sola. Y, para colmo, mientras les veía devorándose contra una columna, su amigo se acercó a mí con malas intenciones.

Estaba enfadada y triste, aunque no sé en qué proporción de uno y otro estado, y le dejé hablar y hablar mientras yo no escuchaba, hasta el punto de que él también me dejó sola. Estaba en medio de una pista de baile en la que nadie se fijaba en mí, tan pequeña, tan normal, tan delgada.

Arrojé al suelo la copa que sujetaba en mi mano desde hacía casi una hora y avancé hacia la salida del local mientras, ahora sí, la gente me miraba y se daba cuenta de mi presencia.

REGINA

Descubrir que no me había querido nunca fue como un mazazo directo sobre mi cabeza.

No sé si era más fuerte en mí el dolor o la rabia. Lo único que quería era llorar y hacerle daño. Deseaba con todas mis fuerzas que nunca en la vida pudiera olvidarse de mí.

Planeaba venganzas interminables en mi cabeza, intentando tener la sangre fría suficiente para tomármelas en serio y llevar cualquiera de ellas a cabo. Tenía clara una cosa: él se iba a arrepentir de haberme engañado.

Cada palabra de amor que él me había dedicado se me atragantaba en la garganta dejándome un regusto salado. Me consumían los celos de saber que estaba con otra y me preguntaba si por ella sí sentiría algo o si también la estaría engañando.

Repasaba los besos y los abrazos sabiendo que todo había sido una patraña y deseaba abofetearle con todas mis ganas, porque sí, porque quería, porque lo necesitaba.

Empecé a romper todas sus fotos en pedazos diminutos. Una a una, ensañándome con cada una de ellas mientras de mi boca proliferaban los insultos como si él pudiese oírlos.

Algún día, sin prisa, llegaría mi venganza.

ANDREA

La noche de mi cumpleaños decidí inyectarme un poco de locura directamente en vena. Me determiné a romper moldes y derribar barreras para ser, por una vez, alguien diferente.

La música me envolvía como una capa mística mientras seguía el ritmo de sus acordes con mis caderas y mi cintura. Provocaba con cada movimiento, lanzando feromonas de forma consciente como una gata en celo hambrienta.

No tardó en hacer efecto. Poco después él picó el anzuelo y cayó en mis redes sin saber dónde se metía. Esa noche yo era peligrosa, esa noche había decidido soltarme la melena y dejar salir mi instinto salvaje, ese que reprimía cada día de mi vida como si fuera un pecado.

Bailó siguiendo mis pasos, pegándose a mi cuerpo, fijando sus ojos en los míos y acercando peligrosamente su boca hasta la mía que le ofrecía entreabierta.

Nos fusionamos en un beso. Un beso escandaloso, ardiente y, casi sin despegarnos ni un centímetro, nos dirigimos al baño de la discoteca, donde no tardé en deshacerme de la ropa y en quitarle a él la mitad de la suya.

Lo saboreé con fruición, le manoseé con ganas y él perdió el control del todo, dejándose llevar hacia el orgasmo, que llegó poco después del mío.

Aún jadeando, me coloqué la ropa y le besé con la misma lujuria, con la misma fuerza, antes de abandonar ese espacio reducido que había servido a nuestros propósitos.

Cogí mi abrigo y me marché a casa sin despedirme. El adiós lo habría estropeado todo.

DANIELLE

Salí escaldada de aquella cita a ciegas que tanto prometía.

Él, que parecía buscar algo serio en nuestras numerosas charlas de chat, en directo había resultado ser un zorro más en busca de una liebre.

Me invitó a cenar en un sitio coqueto repleto de velas y me mostró su mejor piel de cordero, haciéndome caer rendida a sus encantos, a su aparente sinceridad, a sus atenciones.

Tras la cena, nos dirigimos a una cafetería del centro donde las parejas sorbían café en sofás de cuero a media luz y, junto al *cappuccino*, empezó a mostrar por fin sus dientes.

Yo notaba como, disimuladamente, iba subiendo la mano por mi muslo y su cuerpo se acercaba al mío. Notaba como, embriagada por su dulzura, estaba a punto de caer en aquel juego de intenciones que me proponía. Pero una alarma encendida en alguna parte me indicaba que, si quería algo, tendría que ser poco a poco y le corté el paso.

—Me gustas mucho, vayamos despacio.

Al lobo con piel de cordero le mudó la cara en un segundo. Tomó su café en silencio y, diez minutos más tarde, me dijo que tenía que marcharse.

—Lo siento, de veras, pero tengo que irme. Ya hablamos otro rato.

Y, cogiendo su americana, se fue por donde había venido.

Sentada en aquel sofá, sola, vi su verdadera piel mientras se marchaba. Cerré los ojos, respiré despacio y levanté la mano haciéndole señas al camarero.

—Por favor, ¿me trae otro *cappuccino*?

ROXANA

Durante cinco años estuve en la vida de alguien. Durante cinco años signifiqué algo para otra persona. Me abandonó hace dos, pero aún no he sido capaz de superarlo.

Ahora permanezco estéril de sentimientos, eludiendo cualquier roce para no hurgar en la herida. Cuando un hombre se acerca a mí, huyo. Literalmente, como si se tratase de la muerte.

Cuando algún afortunado consigue rozarme apenas los labios, al terminar el beso salgo despavorida y me escondo. Me angustia, me desorienta, me quema como un chorro de lava ardiendo. Me siento vulnerable, débil, pequeña. Tan pequeña, que desaparezco, guardando muy dentro mis miedos y mis sentimientos, volviéndome hermética y esquiva.

No quiero a nadie en mi vida. Ni por unos minutos ni por unos días. Ni por unos meses ni por unos años.

Quiero a mi soledad como mi única compañía, huyendo una vez más del último hombre que se ha atrevido a intentar conquistar un corazón que ya es de hielo y no se derrite.

Mis muñecas duermen cuando llega el día y olvidan lo que han vivido para volver a empezar de nuevo.

Hasta que llegue la noche y se rompan de nuevo.

UNA PISTOLA CARGADA DE RECUERDOS

Empuñaba fuertemente en mi mano derecha el arma con la terrible convicción de que me iba a echar atrás cuando llegase el momento. Y eso no era lo que quería.

La pistola pesaba y empezaba a dolerme la mano de apretar el cañón tan fuerte, pero no podía soltarla, no quería soltarla.

Con los ojos de la venganza oteaba el callejón vacío lleno de suciedad y oscuridad. Apostada en el pequeño zaguán de un almacén que llevaba tiempo cerrado, esperaba pacientemente que apareciese en cualquier momento.

Estaba preparada y tenía que ser capaz. Apretaba los dientes con tanta fuerza que comenzaba a dolerme la mandíbula, pero no me importaba lo más mínimo.

Sabía lo que era sufrir y esto eran solamente minucias. Además, el dolor me hacía sentirme alerta, me hacía sentirme viva.

Despegaba rítmicamente los pies del suelo para no quedarme entumecida por la postura y por el frío.

Entre las sombras surgió una figura con el rostro del demonio. Fundí mi mano con el arma y apunté sin dudarlo al rostro de la muerte que, un año antes, me había arrebatado de las manos toda mi vida.

Al abrigo de unas rocas nos protegíamos como podíamos del temporal que, en pocos minutos, se había desatado en aquella playa salvaje y apartada.

Habíamos pasado la tarde contándonos historias, salpicándonos en el agua y tomando el sol tumbadas sobre la arena.

Ahora, con una mezcla de asombro y miedo, esperábamos que la situación no se complicase demasiado y que pudiésemos llegar hasta el coche, unos kilómetros más arriba.

Medio abrazadas y sujetándonos fuertemente a los salientes de las rocas, aguardábamos en silencio, observando lo bello y a la vez temible del espectáculo.

Las olas chocaban entre sí con una fuerza desmesurada y nos salpicaban. El cielo se había teñido de negro y una lluvia intensa y copiosa descargaba sobre ese mar que antes descansaba en calma.

Estaba segura de que Paula tenía tanto miedo como yo, pero no lo manifestaba. Me aferré a mi compañera de penurias más todavía y cerré los ojos un momento, apoyando mi cabeza sobre la roca.

Paula me besó la cabeza mientras sonreía.

—Vamos, tonta, no me digas que no es bonito. Qué pena que no hayamos traído la cámara.

—Solo tú podías estar pensando en estos momentos en hacer fotos.

—Deformación profesional.

La aventura de la playa quedó en una pequeña anécdota, ya que, tan rápido como había comenzado la tormenta, se disipó, dando paso a una sensación de calma que, de no haber sido por el frío, invitaba a quedarse contemplando el paisaje.

Entre risas y llenándonos de barro, subimos hasta el vehículo y tomamos rumbo a casa.

Ese día es uno de los últimos momentos felices que recuerdo de mi vida anterior, uno de los últimos que recuerdo junto a Paula.

Pienso a menudo en aquella tarde y siempre algo me remueve las entrañas, algo muy doloroso que me parte en dos.

Aquel día de playa es una instantánea de mi vida que me hubiese gustado conservar para siempre.

Había pasado toda la noche en vela porque, cada vez que cerraba los ojos, aun estando despierta, me asaltaban las pesadillas. Imágenes sin aparente conexión en las que me veía en un callejón vacío, con la ropa rasgada, totalmente cubierta de sangre y apuntando un arma hacia una figura difusa frente a mí.

Me pasé la noche mirando como avanzaban minuto a minuto las horas, temerosa de moverme de la cama y más temerosa todavía de cerrar los ojos.

Al rayar el alba conseguí abandonar aquella prisión de sábanas y encendí el plasma del salón, solo para hacer un repaso por todas las cadenas y comprobar que no había realmente nada que mereciera la pena.

Me tomé un té con leche y una tostada con margarina mientras observaba como se despertaba la gran urbe que tenía ante mis ojos.

La tarde avanzaba deprisa, sin dejarme apenas tiempo para percibir como esta pasaba.

A mi alrededor la gente se movía de un lado a otro persiguiendo un objetivo o quizás solo pasando el rato y yo, sentada en un incómodo asiento del aeropuerto con mi portátil en las rodillas, esperaba inmóvil que llegara el momento.

Rozaban las seis cuando se acercó a mí. Trajeado, maletín de cuero, zapatos impecables, gomina en el pelo, una pequeña maleta de ruedas y lanzándome una sonrisa de oreja a oreja que surgió en su rostro con la misma espontaneidad que las margaritas en el campo, me tendió su mano, cálida y firme, estrechando la mía efusivamente.

—Encantada, Marina. Gracias por venir a recogerme, seguro que así el trayecto será más ameno. Estoy deseando ver vuestros proyectos. Es más, estoy impaciente por verlos. ¿Vamos a hacerlo hoy?

Hablaba sin parar. Había soltado toda esa frase casi sin respirar y a mí eso me ponía nerviosa.

Le conté el plan del día y pareció conforme, así que nos dirigimos a la salida en dirección a mi coche, que había aparcado tres calles más allá.

Por el camino, hizo acopio de toda su verborrea de comercial y empresario mientras yo escuchaba en silencio y asentía con la cabeza intentando asimilar el flujo de información.

El trayecto hasta el hotel donde le habían hospedado era de cuarenta minutos y yo, nada más entrar en el coche, conecté la radio para hacer que se callara. Don Perfecto pareció captar la indirecta y no abrió la boca hasta que le dejé en la recepción, donde volvió a deshacerse en halagos por mi atención y repasamos lo que íbamos a hacer una vez se hubiese instalado y descansado un poco.

Primera parada: La Galería.

La Galería era a la vez un espacio para exposiciones de arte y un restaurante. Una pared de cristal envolvía el comedor haciendo que, mientras comías o cenabas, pudieses observar parte de la colección pictórica y fotográfica que colgaba de sus paredes totalmente blancas.

El recién llegado y yo nos acomodamos ante un mantel negro y elegante sobre el que descansaban tres juegos de cubiertos.

—¿Quieren ir pidiendo algo o aguardamos a la persona que falta?

Entre ambos convinimos esperar haciéndonos compañía de un excelente vino dulce que mi acompañante seleccionó de la carta.

Diez minutos más tarde, cuando ya empezaba a estar abrumada con la profusa conversación de mi vecino de mesa, apareció Paula en forma de salvación.

Tras las oportunas presentaciones, no tardamos en atacar los *delicatessen* de La Galería.

Felipe Montes era un reputado crítico en todo lo que a fotografía se refiere y ese era, verdaderamente, el motivo de su visita.

Las imágenes que Paula captaba a través del objetivo de su cámara estaban expuestas en La Galería desde hacía una semana y le llovían los halagos.

Tenía una forma única de atrapar el momento preciso, el momento que lo decía todo, y eso no pasaba desapercibido.

Felipe caminó con maestría entre tanto arte, deteniéndose, reanudando su marcha, volviendo atrás unos pasos, ladeando la cabeza para estudiar mejor el ángulo, el color, la forma, la composición.

Guardaba silencio mientras seguía todo este ritual. Un silencio tan absoluto que Paula estaba a punto de morderse las uñas. Me miraba de vez en cuando y yo le devolvía como única respuesta un encogimiento de hombros.

Hacía dos años que nos conocíamos y todo había empezado como una simple relación laboral. Yo era su representante.

Poco a poco descubrimos que congeniábamos y nos convertimos en muy buenas amigas. La acompañaba muchas veces a sus sesiones fotográficas y disfrutaba viendo cuando se concentraba, como la absorbía el paisaje como si ella también formase parte de él.

Felipe giró sobre sus talones, nos miró muy serio y simplemente dijo:

—¿Vamos a algún sitio donde podamos hablar tranquilamente?

Nuestro siguiente destino fue Cup Coffee, relativamente cerca del lugar donde habíamos cenado. Era una cafetería-coctelería en tonos blanco y negro, con una decoración exquisita que invitaba a relajarse.

Grandes sofás de una y dos plazas recorrían todo su espacio, alternándose con *puffs* en forma de lágrima. Del techo colgaban lámparas que simulaban candelabros antiguos, dándole un toque añejo y moderno a un tiempo. Cuadros bicolor inundaban dos de las paredes, quedando las otras totalmente desnudas.

Nos sentamos en el primer sitio libre que encontramos y esperamos a ser atendidos antes de entrar en materia.

—Tres Petrifier, por favor.

Felipe le auguró a Paula mucho éxito y le adelantó unas breves pinceladas de cómo iba a ser la crítica que aparecería en un periódico de máxima tirada a la semana siguiente sobre su obra.

Mi amiga casi saltaba en su asiento y a mí me contagiaba. Me sentía tan feliz como ella de que su talento fuese reconocido.

Alargamos la noche más de lo necesario y acabamos cogiendo un taxi que compartimos. Dejaríamos primero a Felipe en su hotel, luego a Paula y, desde allí, yo me iría andando, ya que vivía a escasos quinientos metros de distancia.

Trastabillando y tropezándonos con nuestros pasos conseguimos llegar hasta la puerta de entrada, pero las llaves se resistían a entrar en la cerradura y no podíamos parar de reírnos.

Hasta que Paula me dio un beso. Un beso que no esperaba. Un beso que se depositó en mí tan suavemente como una mariposa sobre una flor y correspondí cerrando los ojos.

Seguí aquellos labios que me guiaban y, cuando se apartó de mi boca, quise hablar, pero no me dejó. Me lo impidieron su mano y su sonrisa. No necesitaba decírselo, ya sabía que yo no sentía lo mismo que ella.

—Gracias.

Nos despedimos con un abrazo largo e intenso en el que a mí estuvieron a punto de saltárseme las lágrimas. Y le dije adiós por aquella noche, sin saber que sería la última.

Unos minutos después ambas yacíamos en ese mismo suelo que habíamos pisado mirándonos a los ojos, despidiéndonos sin palabras y cubriendo con nuestra sangre todo lo que estaba a nuestro alcance.

Todo sucedió tan deprisa que me costó tiempo recordarlo. Me acuerdo de su mirada prendida de la mía, de su cuerpo a punto de entrar en el portal para irse a dormir y, de pronto, algo que me quemaba.

Una bala entró por mi abdomen y, atravesándome de lado a lado, la vi perderse después en el interior de Paula.

Caímos casi a un tiempo y, mientras un chiquillo imberbe hecho un manojo de nervios nos despojaba de todo aquello de valor que llevábamos encima, grabé en mi retina su rostro para no olvidarlo nunca, haciéndome a mí misma una promesa de por vida: «Te buscaré, te encontraré y te mataré».

No fue fácil, en ocasiones estuve a punto de rendirme mientras buscaba desesperadamente mi objetivo, pero el instinto de venganza me impulsó a seguir adelante.

Yo salí del hospital. Paula murió en una cama blanca rodeada de personal sanitario que intentaba reanimarla y detener la pérdida de sangre sin conseguirlo.

Cuando le encontré, cuando volví a ver ese rostro que no podría olvidar nunca, me armé de valor para hacerme con un arma. Ojo por ojo, bala por bala.

Con la pistola aún humeante en mi mano me acerqué hasta el cuerpo, lo observé en silencio sin sentir pena, solo cabía en mí el desprecio. Guardé el arma en mi bolso, di media vuelta y me encaminé hacia mi nueva vida. Sin rencores, sin sentimientos, pero con muchos recuerdos.

HUELLAS EN EL ÁTICO

AMPARO

Me dolía enormemente la cabeza, tanto que tenía que sujetarla entre mis manos con fuerza por temor a que explotase. Se me saltaban las lágrimas del dolor tan intenso que sentía y, casi a rastras, iba en dirección al botiquín del baño a por una pastilla. La ingerí y después me eché agua en el cuello y en las sienes. Me costaba mantenerme en pie y hasta tener los ojos abiertos, pero a pesar de ello me di cuenta de que había algo distinto. La toalla no estaba donde debería estar.

Me entró de pronto una gran aprensión que agudizó mi malestar, pero no podía evitarlo. Desde hacía unas semanas, estaba advirtiendo que había cosas fuera de lugar, pequeños detalles que, para alguien tan milimétricamente ordenada como yo, no se escapaban.

Había inspeccionado mil veces la casa y hasta había cambiado la cerradura, aun así seguía ocurriendo casi cada día. Al principio era más esporádico, pero ahora se estaba volviendo cada vez más frecuente. La toalla del baño o un libro no colocado en su sitio, un plato sucio en la cocina o incluso una colilla abandonada en una esquina.

Había empezado a dormir mal y mis amigos comenzaban a tomarme por loca, pero yo veía esas pequeñas evidencias, las veía claramente aunque no sabía quién las provocaba.

Agarré el rodillo de madera y recorrí otra vez más la casa en silencio, soportando estoicamente mi agudo dolor de cabeza y el terror que sentía.

Fui muy minuciosa, inspeccionando incluso el interior de cada armario, de cada mueble, aunque fuese imposible que alguien se escondiese ahí, pero yo necesitaba hacerlo.

El resultado fue el de siempre. Allí no había nadie.

Fuese quién fuese el que había estado en mi casa, ya se había ido, había escapado de nuevo sin hacer el menor ruido.

Me acurruqué en la cama sin soltar el rodillo de cocina, con un miedo atroz invadiéndome que me dolía tanto o más que la cabeza. Hasta que grité con todas mis fuerzas.

—¿Quién eres? ¿Por qué me haces esto?

—Amparo, ¿no crees que quizás deberías acudir a un psicólogo? Estás paranoica.

—No son paranoias. Sabes que siempre he sido muy ordenada con mis cosas, que para mí todo tiene una posición concreta y sé cuando alguien las mueve. Te digo que alguien entra en mi casa, a veces cuando duermo y otras cuando no estoy, pero allí hay alguien más.

—Está bien, está bien. ¿Quieres venir unos días a casa?

—¿Y qué hago yo allí contigo, con Adrián y con los niños? Ya tenéis bastante, no te preocupes por mí. Volveré a cambiar la cerradura y además, esta vez, pondré doble pestillo.

—Si necesitas cualquier cosa, a la hora que sea, sabes que puedes llamarme.

—Lo sé.

Rocío era mi mejor amiga desde que éramos niñas. Nos conocimos en el parvulario y, desde el primer día que nos arrimamos la una a la otra, no volvimos a separarnos. Era para mí como una hermana y nos había unido siempre un vínculo muy especial.

Estaba preocupada por mí, lo sabía. Y se debatía entre creerme a pies juntillas o pensar que me había vuelto una neurótica.

Reconozco que era difícil pensar que alguien entraba en mi casa solo para sacar pequeñas cosas de su sitio, porque realmente nunca me había faltado nada. Y más complicado todavía era creer que, aun después de cambiar la cerradura, seguía ocurriendo. Pero, a pesar de todo, sucedía. Estaba ahí y yo lo percibía.

Creo que, con el paso del tiempo, me iba acostumbrando a esa presencia misteriosa que me dejaba huellas de su estancia en mi casa. A veces incluso me levantaba buscando esos detalles insignificantes como si fuese una búsqueda del tesoro.

Hoy una taza de café a medio tomar reposaba sobre la mesita de centro.

—Pues también podías fregar lo que manchas.

Me descubría a veces a mí misma hablándole al aire, dirigiéndome a esa persona que ya no estaba, como si pudiera oírme. Intentaba en ocasiones ponerle rostro, adivinar cómo era, dilucidar por qué visitaba mi casa, por qué volvía una y otra vez y qué quería realmente.

Al menos ya había dejado claro que no pretendía hacerme daño, porque hacía ya tres meses desde la primera vez que noté que algo ocurría y nunca me había sucedido nada, a pesar de ser totalmente vulnerable.

Ya no importunaba a mis amigos con mis miedos y preocupaciones, ni siquiera a Rocío, que ya había dado por zanjado el tema al no volver a oír nada más sobre ello por mi parte.

Puse la música por todo lo alto e inicié un día más mi vida.

MARÍA

No llevaba mucho en la ciudad y me costaba hacer amigos. Tenía que reconocer que era un poco negada para las relaciones sociales. No era algo que me preocupase enormemente, aunque, para ser sincera, no me habría importado tener un par de amigos con los que compartir ciertos momentos.

La casa se me hacía grande para mí sola, quizás debería haber alquilado un pequeño apartamento, pero ya era tarde para pensarlo, porque allí estaban todas mis cosas.

Tenía unos horarios un poco atípicos, pero qué le iba a hacer yo si mi ciclo circadiano se empeñaba en mantenerse invertido. Vivía prácticamente de noche y dormía de día. Al menos, mientras no encontrara un trabajo que me hiciese ajustar los horarios.

Eran las tres de la mañana y tenía los ojos como platos. Alcancé un libro de la estantería, me encendí un cigarrillo y comencé a disfrutar de ambos placeres.

A veces me sentía como ausente, ni siquiera percibía la sucesión del tiempo. Me daba la impresión de que pasaba del lunes al jueves sin darme cuenta de los días que quedaban en medio, como si estuviera en una especie de trance continuo.

Quizás era porque estaba amoldándome a la vida en esta ciudad que para mí todavía era una desconocida.

Decidí, en un arrebato de ímpetu, lanzarme a las calles, a recorrerlas bajo la luz de la luna y las farolas, solo por el simple placer de percibir sus olores y sonidos.

Me puse unos vaqueros desgastados, una camiseta de un concierto y salí a dar vueltas por las fauces de una ciudad que abría la boca para engullirme de un solo bocado.

Fue revitalizante. Me dejé arrastrar sin rumbo fijo por las luces, por los ruidos, por la maraña de gente que me envolvía mientras avanzaba.

Caminé durante horas sintiéndome perdida, descubriendo una ciudad que me atraía y en la que, cada vez estaba más convencida, me gustaría pasar el resto de mi vida.

Terminé mis pasos en una pequeña cafetería que se asomaba tímidamente con un pequeño cartel de neón en un callejón escondido. Sorprendentemente, en su interior había más gente de la que esperaba. Tenía un ambiente acogedor y coqueto que me gustó al instante. Pedí una taza de café que me sirvieron en la mesa casi de inmediato, acompañada de un par de caramelos de *toffee* que me recordaron los tiempos en que era una niña y los comía sin parar.

Degusté aquel café con parsimonia, saboreándolo infinitamente, como si nunca hubiese probado algo así en mi vida. Y me dejé embaucar por el juego de aromas que impregnaban el pequeño local y por las tertulias a media voz de las mesas vecinas, sintiendo una felicidad en mi interior que hacía tiempo ya no sentía.

AMPARO

Hay días en que me cuesta especialmente levantarme y, en cuanto me despierto, me sacude un breve recuerdo de pesadillas y sueños sin sentido.

El dolor de cabeza me ataca de nuevo, cada vez más frecuentemente y apenas me deja hacer mi vida. Me vuelve huraña, me aísla, porque no me deja ganas para nada más que no sea estar encerrada entre las paredes que me rodean. Dormito durante el día sin ser capaz de desprenderme del todo del dolor y acabo cancelando la cita que tenía con Rocío.

Cuando consigo salir de la cama, son ya las tres de la tarde y voy a hacer mi inspección diaria en busca de las huellas misteriosas.

Hay un par de cigarrillos consumidos sobre un plato en la salita y un envoltorio vacío en la basura. Eso es todo.

Recojo las colillas con resignación, con lo que aborrezco el tabaco, y abro la nevera en busca de algo que llevarme a la boca. Tomo un par de lonchas de fiambre y una porción de queso *brie*, después unas cerezas y, acto seguido, me dejo caer en el sofá, pensando de nuevo en mi misterioso compañero o compañera y en sus extrañas visitas.

Rocío se presenta en casa a las seis de la tarde visiblemente preocupada.

—¿Qué te está pasando? Ya apenas te vemos el pelo, te pasas casi todo el día aquí encerrada y esos dolores tuyos de cabeza... Deberías ir al médico.

—Pediré cita la semana que viene, te lo prometo. Yo creo que es por las pesadillas.

—¿Qué pesadillas?

—Más que pesadillas, son sueños raros, aunque solo recuerdo pequeños fragmentos.

—¿Siempre el mismo sueño?

—No, van variando, pero ¿quién no tiene sueños de esos de vez en cuando? ¿Te preparo un café?

—Ya lo hago yo, tú quédate tumbada.

Oigo a Rocío como se desenvuelve en la cocina hasta que, poco después, viene con dos vasos.

—¿Desde cuándo fumas?

—¿Yo?

—He visto dos colillas en la basura. ¡Siempre has odiado el tabaco!

—Y lo sigo odiando. No son mías.

Me interroga con la mirada y yo me hago la remolona.

—¿Y bien?

—Es de mi visitante misterioso.

Se detiene a medio camino con los vasos aún en la mano. Mastica las palabras que va a decir antes de decirlas.

—Amparo, es imposible que entre alguien aquí. Tu casa es casi una fortaleza. Creí que este tema estaba zanjado hacía tiempo. Dime la verdad, por favor, ¿has empezado a fumar? ¿Te está ocurriendo algo que yo no sepa? ¿Necesitas ayuda?

—Demasiadas preguntas. Sé que es imposible, pero tengo un visitante misterioso desde hace meses, aunque no sé cómo lo hace. Puedes creerme o no creerme, pero es tan cierto como que tú y yo somos amigas.

Suspira sin saber qué pensar ni qué decirme, pero la duda se refleja en su cara.

Desvío el tema de conversación preguntándole por sus hijos y pasamos media hora más de charla intrascendente hasta que Rocío se va de casa dándome un gran abrazo sin poder ocultar que está tremendamente preocupada.

MARÍA

Tengo un momento de pánico cuando me miro en el espejo. No me reconozco, me da la sensación de que el rostro que estoy viendo reflejado no es el mío y me invade una sensación extraña a la vez que una especie de mareo.

¿Qué está pasando? Palpo mi cara con ambas manos, como queriendo reconocerme al tacto. Cierro los ojos un momento con ganas, hasta que los abro de nuevo y me descubro esta vez a mí misma, totalmente pálida, pero soy yo.

Mi corazón late con fuerza, sin comprender qué ha ocurrido todavía. Necesito descansar y hacer una vida normal, como todo el mundo, viviendo de día.

Con las manos aún temblorosas, me enciendo un cigarrillo a la vez que descubro que alguien ha estado en mi casa.

La llave está echada y las ventanas perfectamente cerradas. No echo de menos nada, pero hay cosas que no deberían estar donde están y me doy cuenta.

Creo en fantasmas y me pregunto si allí habitará alguno y él es el causante también de mi malestar de los últimos tiempos. Me siento desorientada y he empezado a tener dolores de cabeza.

Me pongo aprensiva, quizás debería haber investigado un poco la historia del edificio antes de mudarme allí pero, ¿quién puede hacer esto?

Es un edificio antiguo de tres plantas en el que apenas conozco a los vecinos. Me he topado un par de veces con una chica más o menos de mi edad, pero claro, viviendo de noche es bastante lógico, ya que yo salgo mientras los demás duermen.

Repaso de nuevo las ventanas y la puerta de entrada. Todo está cerrado a cal y canto.

Me acurruco en un rinconcito del baño sin poder dejar de darle vueltas a lo que ha ocurrido.

EL ÁTICO

Paseando a sus anchas en un habitáculo ubicado entre el ático y el tejado, una sombra oscura espiaba los movimientos de Amparo y María sin que estas se diesen cuenta.

Al final de esa sombra, un hombre ligeramente encorvado de ojos color avellana aguardaba, como un ave de rapiña, a que cayese la noche para descender por la trampilla oculta en el techo de las viviendas y disfrutar así, por unas horas, de la comodidad de una casa de verdad, a sabiendas de que ni una ni otra saldría de su profundo sueño, gracias al cóctel de barbitúricos en polvo que añadía al agua y a la leche cada vez que bajaba, una de día y otra de noche. La dosis justa, la cantidad perfecta para poder vivir momentáneamente en un hogar que realmente lo era y sentirse tan vivo como ellas.

DE LAVADOS, CENTRIFUGADOS Y OTRAS HISTORIAS

—¿Y entonces te enamoraste?

—No, no, eso ocurrió más tarde. Mucho más tarde.

Arrojo desencantada mi ropa sucia dentro de una de las máquinas mientras capto a hurtadillas frases perdidas de la conversación entre dos niñas pijas. Las miro con disimulo. Corrijo: demasiado bobas y demasiado pijas.

Yo lavo mis bragas de oferta a tres por dos mientras en el bombo de su lavadora veo girar varias Calvin Klein de colores.

Resoplo para dejar escapar mi consternación. Conecto el programa de lavado y me quedo un rato observando como se llena de agua y de espuma, y como después empieza a girar a un ritmo frenético lanzando una visión multicolor en mi retina.

Me siento con los brazos cruzados sin saber que hacer durante el tiempo que me queda.

—Tía, es que era tan mono. Unos labios... unos pectorales... Si lo ves, te mueres.

Y si no se moría, la mataba yo gratuitamente antes de seguirla escuchando relatar sus maravillosas aventuras amorosas con musculados jovencitos de Levi´s apretados.

Me alejo un poco de las dos rubias almibaradas, envueltas de Tous y perfumes prohibitivos, para no tener que escucharlas y entra en mi onda radiofónica otra charla de contexto bastante diferente.

—¡Ay, María! Si la niña me hubiese hecho caso y hubiese estudiado... Si no se hubiese largado con ese gamberro de novio que se echó... Mira su hermana. Ahí la tienes, bien colocada, ganando un sueldazo. ¿Y su marido? La quiere con locura, es el hombre más bueno que te puedas echar a la cara. ¡Ay, María! Si hubiese aprendido un poco de su hermana, otro gallo cantaría.

—No te sofoques Pepa, ya es mayorcita, ya no puedes hacer nada con su mala cabeza. Que poca consideración con su madre, lo que te has desvivido por ella toda la vida. Una desagradecida, Pepa, una desagradecida.

Si cierro los ojos, hasta me las puedo imaginar con rulos y batas de felpa, haciendo públicas sus penurias sobre unas zapatillas de estar por casa rosas con borlas de colores.

Siempre que vengo a hacer la colada encuentro la más variopinta clientela contando sus intimidades con la misma facilidad que enseñan su ropa interior.

Cruza la puerta un chico con aspecto de despistado. Muy mono, por cierto, todo hay que decirlo.

Las dos lagarteranas rubias se estiran como pavos reales en sus sillas sacando pecho. Demasiado bien colocado, seguro que llevan un Wonderbra de estos que te suben las tetas hasta la garganta.

Me callo un insulto que pienso y vuelvo a mirar a aquel hombre que parece desorientado entre un mar de lavadoras, amas de casa, peliteñidas peligrosas y bragas de colores. Mira a uno y otro lado, como buscando algo. Digo yo que a un sitio como este se viene a lavar y no a otra cosa.

Sin darme cuenta, desvío mi vista hacia su cintura intentando averiguar qué tipo de ropa interior llevará puesta. Seguro que bóxer. Aún diría más. De un solo color y de *lycra*. Mi imaginación se pierde sola en vertientes que no debería hasta que pongo de nuevo los pies en la tierra.

Le echo un último vistazo y le doy la espalda a aquella aparición celestial en este infierno de lavadoras. Ese hombre no es para mí. Las rubitas tienen más posibilidades.

Veo girar mis bragas en un baile frenético al que solo le falta música.

—Mira, verás... Perdona, es que es la primera vez que vengo a un sitio de estos y... te vas a reír, claro, es lógico que te rías, porque te tengo que confesar que nunca he puesto una lavadora en mi vida. Lo sé, lo sé, el concepto que te estoy dejando de mí es bastante malo, peor que malo. De hecho, pensarás que soy un inútil, pero... bueno, que si me puedes decir cómo va esto, te lo agradecería infinitamente.

Yo sigo con la boca abierta mientras pienso que yo sí que se lo agradecería. En horizontal y allí mismo si hacía falta, aunque con bastante menos ropa encima.

Me doy cuenta de que llevo demasiado tiempo mirándolo embobada y teniendo mis propias fantasías sexuales cuando empieza a mirarme con caras raras.

—Eeehhh. Sí, sí, claro, sin problema.

Y me pongo técnica, cual experta lavandera profesional cualificada. Y le cuento en un momento los pormenores del lavado a máquina con todo lujo de detalles. Creo que me he emocionado con la explicación, pero el pobre me lo agradece mientras intenta por todos los medios librarse de semejante loca. Aquí, una servidora.

Le ayudo en su primera vez con la lavadora. Una experiencia inolvidable en la vida, desde luego. Casi como el primer polvo. Bueno, yo de eso ya ni me acuerdo. ¿Ocurrió alguna vez?

Se sienta al lado de su lavadora a esperar pacientemente. A los veinte minutos, me habla de nuevo.

—Oye, ¿esto cuánto tarda en acabar?

—Unos cincuenta minutos lavado más centrifugado.

¿Para qué demonios pensará este muchacho que sirven esos numeritos de color rojo que hay en el frontal de cada una de las máquinas?

Pone ojos de loco.

—¿Qué? ¿Cincuenta minutos? ¿Hablas en serio?

Asiento con la cabeza en actitud seria mientras él se pone de pie como un resorte.

—Pues me voy a tomar un café. Me la cuidas, ¿no?

Sí, en eso estaba yo pensando, en quedarme a guardar sus calzoncillos cuando mi lavadora está a punto de finalizar. Me lo callo, le miro, le sonrío y se va tan tranquilo.

Lo siento, guapo, pero tu ropa, esa que te sentará indudablemente tan bien como la que llevas puesta ahora mismo, se quedara huérfana de padre y madre en escasos veinte minutos.

Entra una súper mamá con su hija a rastras. Parece que a la niña no le divierte ver como se lava su ropita.

—Venga, boba, que es poco rato. Y luego te compro gusanitos.

La niña no es tonta. Se queda quieta, levanta la vista hacia su madre con el ceño arrugado y le dice muy seria.

—Mamá, mejor me los compras antes y luego lavamos la ropa, ¿vale?

No cuela. La pobre lo ha intentado, pero al final no le queda más remedio que dejarse caer en uno de los asientos balanceando las piernas, que no le llegan al suelo, mientras su madre realiza todo el proceso.

—Tonta.

—¡¡¡Julia!!! Pórtate bien.

Julia se enfada más todavía y lanza miradas asesinas a su madre en silencio. Cualquiera les tose a estos niños de hoy en día. Son de armas tomar.

A mí, mi madre me daba una torta y no volvía a rechistar en todo el día entero. Ni gusanitos ni leches. Menudo genio tenía mi señora madre.

Miro de reojo mi lavadora. Cinco minutos y mis trapitos saldrán limpios y secos. Dirijo la vista al techo mientras tarareo una canción de la que no me sé la letra, por hacer tiempo hasta que oigo un pitido

Saco mi ropa, la coloco cuidadosamente en una bolsa y, antes de marcharme, le echo un vistazo a la lavadora del guapetón que está en estos momentos disfrutando de un delicioso café caliente en cualquier cafetería cercana.

—Incauto.

Y abandono la sala con una maliciosa sonrisa que me llega de oreja a oreja.

En una semana volveré de nuevo por mi sala de lavado favorita. Al menos para no perder la rutina y ver la fauna que se mueve por aquí.

Quizás me reencuentre con viejos conocidos como las rubias de bote o el cañón de vaqueros ajustados y actitud despistada. Mientras tanto, pondré en marcha mi maravilloso cerebro y echaré a volar esta imaginación.

Esta noche, al menos en mi cabeza, no dormiré sola. El morenito de la lavandería será mi compañero de cama en sueños. Ya que no queda otra cosa...

BLOQUE—0

Mordí el polvo cuando, después de cuatro meses, no había sido capaz de escribir ni una sola línea de mi nueva novela.

El típico bloqueo de escritor me había atacado con fuerza o mi musa se había marchado de vacaciones indefinidas, pero el caso es que me había quedado sin nada que contar y eso era lo peor.

Tenía una sensación de vacío por dentro que no me dejaba apenas ni dormir. Había comenzado a ingerir demasiado café y fumaba de nuevo. Las tazas de café sucias y las colillas apuradas hasta el final se apilaban sobre mi mesa de escritorio, aquella que solía ser mi rincón favorito y que ahora evitaba todo lo que podía. Ahora sentarme en ella frente a una hoja de Word en blanco y no ser capaz de escribir nada...

Me bloqueaba mi bloqueo.

A veces escribía unas cuantas líneas, incluso una o dos páginas, pero cuando, presa de la emoción, volvía hacia atrás para revisarlo, me encontraba siempre con algo infumable que tenía que eliminar por completo para que no quedase ni un solo rastro.

De vez en cuando me lanzaba a la calle en busca de cualquier pequeño estímulo que activase mi inspiración perdida pero, buscase donde buscase, mi vena escritora se negaba a activarse de nuevo.

Siempre tuve claro por qué escribía: porque tenía cosas que decir, porque mi cabeza imaginaba tantas historias diferentes que necesitaba darles salida. Y ahora... ahora hasta mi sobrina de seis años inventaba mejores cuentos que yo.

A veces me pasaba semanas sin salir de casa, encerrado entre mis cuatro paredes que, al menos, no me recriminaban mi pérdida de imaginación.

Lo peor es que me estaban dando tentaciones de sustituir el café por una botella, pero lograba contenerme. Ya serían demasiados malos hábitos juntos.

Llevo seis días sin moverme de aquí. Toca cambiar de estrategia.

Me doy una ducha revitalizante, llamo a los pocos amigos que me quedan y me dirijo a su encuentro para tomar unas cañas o lo que se tercie.

Quizás el alcohol o la vida de los demás me digan lo que necesito.

Con un solo ojo miro el despertador de la mesilla. Son casi las cinco de la tarde y yo aún estoy en la cama.

No solo mi mente sigue negándose a sugerirme historias, sino que además tengo un dolor de cabeza que me aplasta el cráneo y el exceso de alcohol y tabaco me han dejado un tacto pastoso en la boca.

Cuando me incorporo, el dolor es más intenso y apenas puedo sostenerme, así que me recuesto de nuevo y me duermo.

El día ya se ha ido a la mierda y no tengo nada mejor que hacer.

Dos semanas después sigo anclado en el mismo punto.

Al menos se me ha ocurrido un título: *Bloque-0*. Es curioso, no sé por qué me he decidido por él, pero al menos mi hoja en blanco de Word ya tiene un nombre.

Siempre he escrito novelas policiacas, no sé por qué no he probado con otra cosa, pero no me veo con ganas de hacer experimentos.

Mi mesa parece un cenicero gigante, creo que ha llegado la hora de hacer un poco de limpieza. Quizás un entorno de trabajo pulcro y ordenado reavive mi instinto dormido.

Y así, me afano durante casi tres horas en conseguir que mi hogar sea eso, un hogar con todas las letras y no la pocilga en que se había convertido.

Subo la persiana hasta arriba para que la luz inunde la estancia y abro mi hoja dispuesto a atacarla sin remedio.

Si las guerras se hubiesen librado con la misma valentía que yo muestro ante este espacio en blanco, se habrían perdido todas.

Cuatro horas he estado sentado sin moverme mirando fijamente la pantalla del ordenador. Creo que ese color blanco puro se me ha metido en los ojos.

Hago un alto en el camino, si es que se puede hacer un alto dentro de la inactividad absoluta, y me voy a la cocina a hacerme un sándwich. No sé cuánto tiempo llevo sin meter nada en el estómago.

Llevo mi frugal cena hasta mi rincón de escritor y también un par de cuchillos, los más grandes que he encontrado en los cajones; a ver si mirándolos mi espíritu creativo dibuja alguna historia sangrienta, un crimen digno de ser contado y de llenar varias páginas.

Mordisqueo el sándwich sin perder de vista los cuchillos, pero no me sugieren nada.

Una hora más sentado y estoy acabado. Quizás debería ir pensando en dedicarme a otra cosa.

Cojo uno de los cuchillos, lo lanzo contra la puerta del armario y hago diana.

Miro medio despistado las ofertas de trabajo de la prensa local. Se me había olvidado hasta como se hacía un currículum.

Se me ha acabado la tinta negra, así que son de color azul marino. Soy un desastre en potencia y mejorando.

Salgo a la calle con mi vida bajo el brazo y me dedico a regalarla en cuantos establecimientos pillo de paso. A lo mejor hay suerte, aunque quizás debería haberme afeitado.

Trescientos currículums repartidos, cinco días y aún no he recibido ni una sola llamada, así que mientras espero y desespero, me siento de nuevo frente a mi *Bloque-0* en blanco.

Coloco los dedos ceremoniosamente sobre el teclado, me ajusto las gafas y, en pose muy digna, me arranco a escribir lo que me sale.

Veinte páginas. Casi hasta me he agotado del esfuerzo. Releo lo escrito una, dos, tres veces.

Unas ocho páginas pueden valer, pero el resto… Selecciono y borro.

Vuelvo a mi posición original: dedos colocados, gafas en su sitio, vista al frente. Nada.

Miro de reojo el cuchillo clavado en la puerta del armario y me despierta instintos asesinos. A lo mejor debería lanzarme a la calle y empezar a matar gente.

Detengo la máquina de mi cabeza, se me va la pinza. La sangre no es para mí en la vida real, solo en los libros.

Decido empaparme de buena literatura y en pocos días he leído a Ágatha Christie y voy a por Patricia Highsmith. Le siguen Gaston Leroux, Åsa Larsson, Manuel Vázquez Montalbán y Arthur Conan Doyle.

Después de comerme media biblioteca, me siento otro, pero mi mente solo piensa en crímenes. No sé si de esta saldré asesino en serie o investigador privado.

Para salir del bache, he decidido variar mi rutina, así que me voy de vacaciones. Y ni siquiera me llevo el portátil. Si la inspiración me visita, siempre puedo coger el papel y boli de toda la vida.

Hago la maleta sin detenerme demasiado en elegir lo que llevo, pero no me olvido de meter dos cartones de tabaco que me ayuden a superar la crisis.

Voy hasta la estación contento, viajo ávido de aventuras y hasta arriba de energía.

Dormito durante todo el viaje, es lo único que me salva de aguantar las ganas de conversación de mi compañero del asiento de al lado.

Nada memorable de momento, ni una pequeña anécdota siquiera que encienda la chispa. Las pequeñas cosas solían desembocar en un torrente de ideas que fluían de mi cerebro más rápido que mis dedos, pero ahora no veo nada.

Quizás he perdido la capacidad para captar los detalles oportunos, quizás soy yo el que extravió a mi inspiración por el camino y no ella la que se ha marchado dejándome abandonado a mi mala suerte.

El resto del viaje es igual de monótono y aburrido. Cuando llegamos a destino, ya estoy hastiado.

Agarro de mala gana la maleta y espero un taxi que me lleve hasta mi hotel cerca de la playa.

El supuesto paseo de cinco minutos desde el hotel hasta el mar, es en realidad de quince, así que vuelvo a pensar en mi cuchillo de carnicero clavado en la puerta y me dan ganas de volver en viaje exprés a por él solo para regresar y rebanarle a alguien el cuello. A la recepcionista, por ejemplo, que debe haberse dejado la simpatía hoy en casa.

Me siento en la arena y paso largo rato allí, solo contemplando el mar que se pierde en ese horizonte inalcanzable.

Se respira paz por fin y mi mente exaltada se relaja un poco. Si sigo así, voy a tener que empezar a darle a los tranquilizantes, porque mi bloqueo empieza a convertirse en mi frustración.

Oigo el rumor de las olas y me concentro en inundarme de tranquilidad, en no pensar en nada.

Todo llega cuando tiene que llegar. O eso se supone.

Lo primero que veo al despertarme al día siguiente es una cucaracha paseando tranquilamente por mi almohada. Asqueado, la lanzo de un manotazo contra algún lugar indefinido, porque me he perdido siguiendo su recorrido.

Tengo el colmo de la fatalidad.

Me voy a dar una ducha para olvidarme del asunto y me bajo a desayunar. Me meto entre pecho y espalda un par de huevos fritos con sus respectivas lonchas de bacon y salchichas, un zumo de naranja y otro de piña, un sándwich de fiambre y dos cafés bien cargados. Que no se diga que no aprovecho el bufet que he pagado.

De allí marcho directamente a la playa sin decir ni un hola al personal de recepción.

Voy silbando durante los quince minutos que me separan de la extensa franja de arena que atisbo a lo lejos.

Día de sol y playa. Relax y soledad. Justo todo lo que necesito.

Mientras trago agua salada haciendo unos pinitos de natación en el agua para exhibirme frente a la rubia pechugona que hace *topless* a mi derecha, me sacude la inspiración como un latigazo. Tanto me impresiono que a punto estoy de ahogarme como un idiota.

La rubia me mira exhibiendo sus encantos mientras sonríe pensando que hago la gracia.

En cuanto me pongo en pie, salgo corriendo. No hay tiempo para mujeres. Necesito papel y boli pero, cuando llego a la arena, me doy cuenta de la imposibilidad de poder plasmar lo que quiero en esos momentos.

—Maldito karma.

Corro como un loco quemándome los pies porque no me he detenido ni en ponerme las chanclas y así, sin parar y descalzo, con la toalla en una mano y una bolsa en la otra, me lanzo a la busca y captura del primer sitio que pueda proporcionarme lo que ahora necesito más que a mi vida.

Entro en una heladería y, jadeando por la frenética carrera, me lanzo casi contra la camarera pidiéndole, entre la súplica y la exigencia, papel y boli.

Me mira, me remira y me vuelve a mirar.

—¿Va usted a consumir algo, señor?

—Un papel, un boli y un helado.

—¿De cuantas bolas?

—De dos, de dos mismo. ¿Me puede dejar papel y boli?

—Un momento, por favor. ¿De qué sabores los quiere?

—¿El qué?

—Las bolas del helado.

—De lo que le dé la gana, de verdad, pero por favor, ¿me puede dejar papel y boli? Es algo urgente.

Se toma su tiempo para servirme en una tarrina de plástico una bola de fresa y otra de pistacho, le pone una cucharilla, me sonríe y, dirigiéndose a mí, me dice:

—Cuatro euros, por favor.

Desesperado, casi a punto de matarla, le tiro un billete de cinco euros y le digo, al límite de los nervios:

—Aquí tiene, quédese la vuelta. ¿Puede, por favor, dejarme ahora un papel y un boli?

—Tenemos bolígrafos, pero no papel.

Brevemente tengo una fantasía en la que la agarro por el cuello y la estrangulo sobre la barra mientras le pongo las dos malditas bolas de helado en la cara.

Cojo el boli y, a falta de otra cosa, echo mano del servilletero más lleno que veo y empiezo a escribir en servilletas una detrás de otra. Debo parecer un neurótico.

La inspiración no es tan fuerte como en la playa, no consigo hilar las frases de la misma forma elegante que allí me salía, pero igualmente lleno esos símiles de hojas con los que cuento sin orden ni concierto.

Cuando ya no sé qué más decir, dejo todo sobre la mesa medianamente satisfecho y me dispongo a comer mi helado. Se ha derretido, ya solo queda un líquido extraño de rosas y verdes que no me motiva nada. Para rematar, en cuanto me he despistado un momento con ese caldo de fresa y pistacho, un golpe de viento se ha llevado volando las servilletas en las que con tanto ahínco he escrito y corro calle abajo, otra vez como un loco, en busca de ellas como si en ello se me fuera la vida.

Totalmente exhausto y abatido, permanezco tumbado en mi cama del hotel con la única compañía de la cucaracha, que campa a sus anchas por el suelo de la habitación.

Solo pude recuperar una servilleta, las demás se las llevó el aire no sé sabe dónde.

Me siento tan deprimido que ni siquiera he bajado a comer. Estoy hundido. Este es el final de la prometedora carrera de escritor con la que soñé un día.

Es posible que no sirva para esto, es posible que todo lo que he escrito durante estos años no merezca la pena y deba quedarse donde está, en una carpeta de mi escritorio que se llama simple y llanamente «NOVELAS».

Nunca acabé ninguna, pero esta estaba convencido de finalizarla. Iba a ser buena, sabía que iba a ser buena, sabía que iba a conseguir publicarla.

Y ahora, todos mis sueños se han ido al garete por culpa de unas servilletas fugadas.

Tres días después regreso a casa.

Balance de mis días de vacaciones: tengo los nervios a flor de piel, he discutido tres veces con la recepcionista, no volví a ver a la rubia de la playa y me he quemado la espalda. De hecho, tengo que ir todo el viaje de vuelta con la espalda en el aire, lo que supone no poder dormir, aguantar a la viejecita de al lado que habla sin descanso y acabar con un dolor de espalda que me está matando.

Entro en mi hogar, dulce hogar, con la maleta a rastras y me dirijo directamente a mi estudio, a mi mesa amada y temida.

Dejo la maleta en el suelo, enciendo el ordenador y abro *Bloque-0*.

Es entonces y solo entonces cuando descubro el juego de palabras del título. Me río a carcajadas, miro de reojo el cuchillo y me lanzo sobre la página a descargar toda mi furia sobre esa maldita hoja en blanco.

Y fue así como empecé por fin mi gran historia.

Cualquier día, la tendrás disponible en las mejores librerías. Hazme un favor entonces, no te la pierdas.

CAOS, CONFUSIÓN, ENREDOS

NO LOVE, NO LIMITS

Con la sábana colocada entre mis piernas para poder sentir algo sólido, cerré los ojos y pensé en aquellas pequeñas cosas que sabía que me excitaban, en cualquiera de las fantasías obscenas que poblaban mi mente demasiado a menudo. Así, ahogando los gemidos de placer que escapaban de mi garganta, me corrí en silencio, soñando con hombres casi siempre mayores, feos, hoscos, a los que nunca besaba en la boca pero que me provocaban una gran pasión. Quedaba agotada y sumida en el éxtasis más profundo después de masturbarme sucesivamente, siempre de la misma forma, pero con distintas fantasías y distintos acompañantes, siempre desconocidos, hombres que solo tomaban forma en mi cabeza para la función que tenían que acometer.

Lo hacía en la cama o sobre el frío suelo de baldosas del baño o incluso a veces sentada en una silla. Solo tenía que cerrar los ojos y dejar correr mi imaginación y mi cuerpo.

Tras este estado de trance, tardaba unos segundos en regular mi respiración agitada y luego sentía una paz completa en todo mi cuerpo y me dormía acurrucada, hecha un ovillo, con los sueños en blanco.

Despedía olor y sabor a sexo por todos y cada uno de los poros de mi cuerpo. Y se notaba, era algo que no pasaba desapercibido.

Había empezado con pequeños juegos, pero con el paso del tiempo había necesitado más, era como una gata en celo las veinticuatro horas del día y rara vez conocía límites.

—*Ummm*, ¿sabes qué es lo que más me gusta de ti? Que nunca dices que no a nada.

En el sexo la palabra NO no existía, todo se podía probar. Me gustaba ese juego y cuanto más prohibido fuese, más me perdía en él sin remedio.

Me aburría pronto de mis contrincantes en ese terreno. Una vez los había disfrutado un par de veces, perdían poder de excitación para mí y necesitaba emociones nuevas. Hasta el momento no había encontrado la horma de mi zapato, pero aquella noche, en un bar de mala muerte sumido en un callejón oscuro, el destino me tenía reservada una sorpresa.

Quería beber, sentir que el alcohol inundaba mi cuerpo y nublaba mi mente, que me hacía perder mi capacidad de raciocinio.

Acodada en la barra ingería vaso tras vaso mientras un hombre a mi lado no dejaba de observarme. Se acercó hasta mí con la excusa de entablar una conversación fácil. Sentí una chispa que no había sentido nunca hasta ese momento y, sin pensarlo, me aproximé a sus labios para besarle. Él no dijo que no.

El bar estaba vacío, solo nosotros dos y el camarero. El taburete giró y él lo detuvo abriéndome las piernas. Coloqué mis manos bajo su camiseta, mientras él desabotonaba mi blusa lo justo para perder allí sus manos. Nos besamos con fuerza, con desgarro y fue como si me traspasase una corriente de energía. Me dejé hacer e introduje mi mano bajo sus pantalones, apoyados contra la barra en un rincón oscuro, ignorando que el camarero nos miraba mientras fregaba los vasos.

Acabamos el encuentro en una calle desierta, donde las manos parecían multiplicarse sobre el cuerpo del otro, donde los labios dejaban huella en la otra piel, donde nos frotábamos consumiendo el oxígeno, jadeando, sin poder parar de besarnos y de tocarnos. Él me dio la vuelta y yo, apoyando mis manos contra la pared, noté como me penetraba sin descanso mientras me deshacía en gemidos, deseando por dentro decirle que parase, que no aguantaba más, pero con un apetito tan voraz que no podía abrir la boca más que para lanzar vocales al aire frío de la noche.

Fue una lucha carnal, visceral, que finalizó en un grito que no pude refrenar, un grito que acompañó a un final apoteósico, casi conjunto, que hizo que me temblasen las piernas.

Mientras nos acomodábamos la ropa en silencio, me preguntó mi nombre.

—Bárbara.

—Óscar.

— Bárbara, ¿me das tu teléfono y quedamos otro día?

Me lo pensé dos minutos escasos antes de darle los nueve números. De camino a casa recibí el primer mensaje.

—Me ha gustado mucho lo de esta noche.

Me colgué de su boca, besándole y mordiéndole los labios con hambre, con una pasión desesperada, incontenible. Mientras lo hacía, le apretaba su musculoso pecho bajo la camisa y él jugaba con los dedos en mi entrepierna húmeda y caliente.

Un beso largo, profundo, en el que nos habíamos devorado y después, una mirada obscena, pecaminosa mientras él lamía sus propios dedos y luego me los ofrecía a mí, que los acepté voluntariamente. Con este gesto, la temperatura en aquel asiento trasero del coche subió varios grados y él se abalanzó sin poder remediarlo sobre mí arrancándome casi de cuajo la ropa.

Jugué con él, permitiéndole y prohibiéndole, dándole una de cal y otra de arena para llevarle hasta el límite, para asegurarme de que cuando me poseyera lo hiciese de forma brusca y salvaje, sin piedad, con prisa. Como a mí me gustaba.

Le desabroché la camisa mientras él lanzaba por los aires mi vestido y luchaba contra el cierre del sujetador mientras yo reía. Desaté su cinturón y tiré de los botones de sus vaqueros uno a uno para liberar aquel miembro que pugnaba por salir hacía rato. Cuando lo tuve a la vista me relamí, poniéndole más caliente todavía, y lo agarré con fuerza en mi mano, ejerciendo presión, palpándolo, tocándolo hasta que, casi sin que él se diese cuenta, bajé la cabeza hasta allí y lo metí entero en mi boca. Duro, caliente, firme. Lo devoré con verdadera dedicación mientras él apenas podía contenerse.

—Nena, nena, para, por favor. Si sigues así, voy a correrme.

Frené en seco y le di pequeños toques con la lengua, juguetona y pícara. Subí de nuevo hasta su boca a la vez que, con seguridad, agarré su pene y lo introduje en mi cuerpo mientras gemía de placer. Como esperaba, él empezó a agitarse con ritmo frenético en mi interior y yo solo le pedía más, más, más. Más rápido, más deprisa. No pares, no pares todavía

Y él obedecía y me embestía con fiereza mientras yo lanzaba gritos satisfecha y acababa una, dos, tres veces... hasta que Óscar por fin no pudo más y eyaculó dentro de mí, quedando los dos exhaustos, abrazados, embargados con la felicidad espontánea que genera un buen polvo.

Empecé a sentir intensamente aquel beso, paso a paso de labio contra labio y después esa sensación de pasión fue recorriendo todo mi cuerpo, al tiempo que sus manos se iban deslizando por mis curvas de mujer sobre la ropa.

Sin dejar de besarme, bajó lentamente la cremallera de mi falda y esta cayó por sí sola a mis pies. Comencé a desabrocharle la camisa, botón a botón, hasta hacerla caer también al suelo y luego le siguieron el cinturón y los pantalones. Me sacó el jersey por la cabeza y puso su boca húmeda sobre mi hombro mientras iba haciendo caer los tirantes del sujetador negro de encaje. Luego, con un pellizco, soltó los corchetes que lo ajustaban a mi espalda y se deshizo de aquella prenda con movimientos lentos.

Me tendió despacio sobre la cama revuelta, aprisionando mi labio inferior suavemente entre los dientes. Se apartó y desapareció un momento.

Volvió poco después con algo escondido a la espalda y me montó a horcajadas, cogiéndome por la muñeca mientras me estiraba el brazo en dirección a una esquina de la cama. Me ató a los barrotes con una cuerda. Luego hizo lo mismo con el otro brazo, pero prefirió dejarme libres las piernas. Dobló en una ancha franja un pañuelo jaspeado que había aparecido abandonado en un cajón de la cómoda y me lo anudó a la cabeza, vendándole los ojos.

Sabía que yo no diría nada, que me tenía a su disposición por completo y empezó por besarme en la boca largamente mientras con sus manos recorría la longitud de mis brazos. Besó toda mi cara, incluso mis ojos sobre la tela que los cubría y después mordisqueó la barbilla, el cuello y pasó al lóbulo de mi oreja.

Fue recorriendo así todo mi cuerpo, de extremo a extremo, sin dejar un solo lugar sin posar sus labios y luego comenzó a ascender mientras con sus manos se entretenía en jugar con el elástico de mis braguitas. Poco a poco fue adentrándose de camino a mi sexo y redescubriendo al tacto los labios húmedos, abriéndose paso entre ellos hasta meterme el dedo con un movimiento rítmico que sintió que me gustaba a mí y también a mi cuerpo.

Me desprendió de la única prenda que me quedaba deslizándola a lo largo de mis piernas y también él se quitó el slip que llevaba.

Me abrió más las piernas y me dobló las rodillas acercando toda su boca, su lengua a mi sexo caliente. Yo respiraba cada vez más fuerte y mi cuerpo temblaba debido al placer que su lengua me proporcionaba allí abajo. Siguió lamiendo, llegando con su lengua a cada rincón de mi entrepierna cálida que él sentía suya por completo.

Dejé que se perdiese interminablemente allí mientras yo jadeaba cada vez más.

Me agarró fuertemente por las nalgas, elevando más aquella zona hacia su boca. Yo me mordía los labios mientras gemía.

Óscar me pellizcó ligeramente los pezones mientras seguía moviendo incansablemente su lengua en la suave entrepierna.

Subió de pronto hasta mis labios, dejándome en la boca mi propio sabor y después entró en mí como entra el mar en las fisuras de las rocas. Agitaba mis brazos, atados a la cama y me penetro más fuerte, hasta que empecé a perder el aire.

Acabó dentro y, finalmente, se tendió a mi lado quitándome el paño que me cubría los ojos, mirando aquel cuerpo que acababa de ser suyo por completo y deslizando las yemas de sus dedos por mi pálida piel erizada.

—Eres mía, solo mía.

—Y tú mío, solo mío.

Los encuentros con Óscar comenzaban a producirse con frecuencia. Con demasiada frecuencia.

No era amor, era obsesión, dependencia, adicción.

Me obsesionaba su pelo negro, sus ojos oscuros, sus manos grandes y nudosas y la fuerza con la que me aupaba sin esfuerzo arrojándome sobre la cama, sobre el sofá, contra la pared o contra cualquier otro sitio que nos brindase unos momentos de desahogo. Se había convertido en algo necesario, incluso peligroso ya que se había establecido entre nosotros una toma de posesión implícita de la que no habíamos hablado pero que estaba latente, una urgencia que poco a poco empezaba a complicarse porque ninguno de los dos estaba dispuesto a ceder ni un ápice el poder y dominio que ejercía sobre el otro y necesitábamos pedirnos más, exigirnos más. El deseo demandaba cotas más altas y estábamos dispuestos a pagarlas. A cualquier precio.

—Estoy cachonda. Tengo ganas de echar un polvo.

—Si te pillo ahora...

—¿Qué?

—Te haría de todo.

—Quiero besarte y luego lamerte el cuello, los pezones, ir bajando, bajando y metérmela en la boca. Enterita. La quiero entera en mi boca.

—Nena, me estás poniendo cachondísimo.

—*Ummm.*

—Toda entera para ti.

—Quiero tus dedos dentro de mí. Todos tus dedos. Y luego quiero que me la metas, hasta el fondo y que me folles fuerte y deprisa. Más fuerte y más deprisa, hasta que me corra.

—No sigas, no sigas, que estoy en el trabajo y estoy malo.

—Quiero que te corras dentro de mí.

—Por favor… A ver cómo me levantó yo así de la silla.

—¿Y si me cuelo debajo de tu mesa?

—Te tiraba sobre la mesa y te lo comía todo.

—*Ummm.* ¿Todo, todo?

—¡TODO!

—Échame un polvo.

—Voy para allá en cuanto salga del trabajo.

Cuando Óscar se marchó de mi cama, empecé a marearme. Me palpitaba el pecho más deprisa de lo que debería y se me nublaba la vista. Unos nervios crecientes se iban apoderando de mí poco a poco.

Quería que ese cuerpo no fuese de nadie más que mío. Cada milímetro de su piel llevaba grabado mi nombre y no iba a tolerar que otras manos ni otros ojos ni otra lengua lo recorriesen.

Aún me dolían las nalgas, aún llevaba en ellas impresa la forma de sus manos. Nada más cruzar la puerta me había arrojado contra la mesa del salón bajándome la ropa interior. Me había dado placer y dolor a un tiempo, porque tras varios cachetes, a cual más fuerte, posaba sus labios sobre la piel roja llenándome de besos húmedos.

Hoy no había habido piedad, me había penetrado sin preliminares, sin tocarme. Y me había gustado.

—El próximo día voy a atarte —prometí.

Y Óscar, por respuesta, me arrojó al suelo rasgándome el vestido y poseyéndome de nuevo mientras yo le clavaba lo más fuerte que podía las uñas en su espalda y los dientes en su pecho y hombros.

Hoy los dos teníamos heridas de guerra.

—Eres mío, solo mío y no voy a compartirte con nadie.

—¿Estás preparado para que juegue contigo?

—Siempre.

Le desnudé con parsimonia, besándole sin tregua y, cuando acabé, le ordené que se tendiera en la cama. Me obedeció al instante.

Saqué una cuerda y le fui atando, primero un brazo, luego el otro, después las piernas.

—Ahora puedo hacer contigo lo que quiera —dije con sonrisa maliciosa.

Fue despacio, muy despacio, para que le hirviese la sangre, para que me desease más que nunca, hasta el límite.

Me detuve sin prisa en cada porción de su cuerpo, saboreándole, disfrutando con su sabor, con el tacto de su piel contra la mía, ambas cálidas, ambas suaves. Él se debatía todo lo que las ataduras le permitían y gemía contenido, intentando frenar la sensación que le embargaba ascendiendo por todos sus miembros, erizándole el fino vello que cubría sus brazos.

Mordisqueé sus pezones, clavándole con saña los dientes hasta que él lanzó un grito revolviéndose, pero sin quejarse. Me dejaba maniobrar, jugar, dirigir, ser perversa o delicada, brusca o suave. Quería que hiciese con él todo lo que quisiera, sin ponerle trabas.

Me dediqué en cuerpo y alma a aquel hombre que ahora dominaba por completo, no quería dejar ni un solo recoveco de su cuerpo sin probar, quería perder mis horas en tenerle, en hacerle totalmente mío, en poseerle.

Deslicé mi lengua por todos sus contornos, mis manos aprisionaron sus caderas mientras aproximaba mi boca sin acercarme del todo a su pene erecto, rodeándolo antes de centrar en él toda mi atención. Subiendo, bajando, variando el ritmo. Despacio, deprisa, despacio, deprisa de nuevo.

Óscar parecía sufrir espasmos y ya no controlaba sus gemidos. Los minutos de placer fueron eternos, grandiosos.

Cuando subí de nuevo, me coloqué junto a su oído y le susurré:

—Siempre he querido probar algo.

Óscar no contestó, se mantuvo expectante esperando a que continuase.

—Quiero colocarte algo al cuello y probar a asfixiarte. Dicen que la erección es: *ummm.*

—Nena, eso es peligroso.

—Tengo cuidado. Tú me avisas. Lo hago despacito. Si no nos gusta, no volvemos a probarlo.

Él lo sopesó. No estaba seguro del todo, sentía a la vez miedo y curiosidad, una mezcla explosiva. Comencé a besarle de nuevo y se dejó convencer, igual que siempre había hecho yo, diciendo que sí a todas sus propuestas.

Me dirigí al armario, saqué una corbata rayada de satén rojo y le rodeé con ella el cuello. Hice el nudo y comencé a presionar ligeramente. Notaba la tensión en su cuerpo y el éxtasis en el mío propio.

Fui apretando, apretando, apretando hasta que Óscar acusó la presión sobre su garganta. Frené el movimiento durante unos instantes y aproveché para introducir su miembro dentro de mí, cabalgándole alocada mientras le oía gemir y entonces, volví a apretar, a apretar, a apretar. Le sentía en mi interior cada vez más duro y ya no pude parar de contonearse sobre él mientras tironeaba del extremo de la corbata con una mano.

El final fue realmente memorable. Con los ojos cerrados experimenté varios orgasmos seguidos, encadenados.

Cuando me recuperé, me lancé a besar a Óscar presa de la excitación todavía. Sus labios no respondieron el contacto de los míos. Estaba quieto. No respiraba.

El mundo se me vino encima y reaccioné rápidamente masajeando su pecho, insuflándole aire por la boca.

—Vuelve, vuelve —gritaba llorando a lágrima viva en tono de súplica como si alguien pudiese escucharme, como si alguien pudiese ayudarme—. ¡¡Respira!!

Habíamos superado nuestros propios límites, prueba de ello fue el último momento que vivimos juntos, que nos obligó a dejar de vernos. De hecho, decidí ir por unos días a casa de una amiga para no recordar los momentos de angustia que viví en mi cama.

Casi una semana después coincidimos en el mismo bar donde tuvimos el primer encuentro. Nada más verle, fui derecha hacia él. Lo ansiaba.

Le besé intensamente mientras él me rodeaba por la cintura.

—Hola, preciosa.

—Te he echado tanto de menos, Óscar.

—Óscar, ¿quién es Óscar?

Me reí a carcajada limpia mientras él me seguía el juego, estábamos recobrando la complicidad de los primeros días.

Le agarré de la mano y tiré de él hacia afuera, llevándole al mismo callejón que nos vio por primera vez desnudos. Me siguió sin oponer resistencia.

Nos besamos, nos besamos y volvimos a besarnos. Sus manos ya buscaban el calor bajo la ropa y sentí un deseo irrefrenable de morder sus labios, era mi sello de identidad, mi huella.

Le mordí como siempre, con todas mis ganas, y él me retiró al instante.

—Tía, me has mordido.

—Óscar, ¿ya no te gusta?

—¿Pero quién coño es Óscar? Estás loca, joder.

En ese momento, la realidad me sacudió como un jarro de agua fría. Me quedé mirando su rostro como si lo hiciese por primera vez. No era Óscar, nunca lo había sido. Era un completo desconocido.

—Óscar... Óscar... —gimoteé mientras salía corriendo de aquel callejón olvidado a la vez que por mis mejillas derramaba lágrima tras lágrima.

Un cerco negro rodeaba mis ojos por culpa del llanto. El maquillaje sobre mi rostro estaba maltrecho, como mi corazón, como mi cabeza, como toda yo.

Entré de nuevo en mi casa, en la que hacía nueve días que no pisaba huyendo de lo sucedido. Fui quitándome la ropa por el camino, arrojándola al suelo, yendo derecha al baño a coger algo del armario que colgaba en la pared.

Me dirigí después a mi habitación. Me senté sobre la cama, totalmente desnuda y me quedé mirando el pequeño objeto que llevaba entre mis manos. Lo acerqué a mis muñecas y realicé un corte limpio en cada una de ellas, en sentido vertical.

Me acosté, apoyando mi cabeza sobre el frío pecho de Óscar. Estaba esperando que le acompañase a la muerte aún amarrado a la cama y con una corbata rayada de satén rojo ceñida a su garganta.

EL BAILE DE LA VIDA

Sola, sujetando con fuerza una maleta con ambas manos, estaba quieta en medio del andén mientras a mi alrededor sentía el vaivén de pasajeros que iban y venían.

Nadie se fijaba en mí. Menuda, insignificante, con un jersey de lana verde de cuello vuelto y una falda de cuadros hasta los tobillos.

Era la primera vez que viajaba sola, la primera vez que pisaba la ciudad y no tenía muy claro si quería moverme de la seguridad de la estación para adentrarme en los rincones de una cosmópolis que no conocía.

Mis padres me habían dejado en el tren, dándome un sinfín de recomendaciones y besos; y yo me había pasado todo el viaje mirando por la ventanilla, observando el paisaje verde, extenso, que se recortaba con el marco azul del cielo. Embobada en los cambios que iba sufriendo lo que veía, apenas me había dado cuenta del tiempo empleado en el recorrido que había efectuado hasta llegar a mi destino.

Ahora, tan indefensa ante lo que a mí se me figuraba una gran muchedumbre, había olvidado todos los consejos que me habían dado antes de salir y estaba a punto de echarme a llorar de la angustia.

Respiré hondo, me armé de valor y, cargando la pesada maleta, me dirigí hacia la salida.

Había arribado en esta ciudad llena de esperanzas y de sueños. No sabía qué oportunidades esperaba descubrir aquí pero, sin lugar a dudas, no era lo que tenía en mente.

Encontrar trabajo no era fácil para alguien sin experiencia, y en todos los lugares donde lo había intentado, la respuesta recibida había sido una negativa.

Mis padres no podían seguir mandándome dinero para mantenerme, así que opté por trabajar de empleada de hogar para ir subsistiendo.

De momento. Hasta que me colocase en algo mejor. Pero el «de momento» se alargaba ya casi un año y empezaba a sentirme cansada.

Las oportunidades llegan en cualquier momento. Aunque no sean lo que esperas.

Con la cabeza inclinada sobre la mesita, esnifé un par de rayas que sentí ascender desde las aletas de la nariz hasta llegar a mi cerebro.

El impacto de la droga con mis neuronas me hizo abrir más los ojos y aspirar una bocanada de aire mientras arrugaba la nariz.

Me tumbé en el sofá unos minutos disfrutando de la subida de adrenalina y poco después salí disparada hacia la cocina. Estaba totalmente desnuda y se me había olvidado cerrar la ventana, así que cuando me di cuenta, vi la cabeza de mi vecino espiando entre las cortinas y, dedicándole un saludo con el dedo mientras le hacía un gesto obsceno con la lengua, cerré la ventana de un golpe quedándome de nuevo en la intimidad.

Eran las diez de la mañana, pero me preparé un whisky bien cargado en un vaso alto y me metí en la cama para degustarlo.

Enchufé la radio y me dejé absorber por la música mientras daba sorbos contundentes a mi bebida. Alargué la mano hasta mi agenda, tirada en el suelo al lado de la cama y releí mis últimas notas.

Debía memorizarlo y deshacerme de esta hoja, pero me costaba retener la información en mi cabeza y, aún incumpliendo las estrictas normas que dictaba la lógica, seguía sin haber destruido esos datos.

Todo por un poco de pasta que me ayudase a mantener mi nivel de vida. Estaba cansada de hacer sacrificios y de sufrir los estragos en mi cuerpo. Los años no pasaban en balde y los vicios tampoco.

Mi vida era una sucesión de inseguridades y una mezcla de locura y cordura casi a partes iguales. Aunque tenía que reconocer que en los últimos tiempos ganaba la partida la locura por inmensa mayoría.

Me acostaba con mi camello por un poco de droga y las botellas de whisky se amontonaban en mi basura como si fueran bricks de leche. De hecho, últimamente este líquido dorado era mi desayuno. Solo una copa cargada, lo suficiente para ponerme a tono.

Mi vida iba en declive, lo sabía, era como una espiral que se reproducía sobre sí misma y se repetía hasta la saciedad para no dejarme escapar.

Vivía en un mundo oscuro en el que la mayor parte del tiempo ni siquiera era consciente de mis actos, sentía lo que ocurría como si estuviera fuera de mi cuerpo, como si no fuese yo esa perra engreída que se vendía de vez en cuando por dinero al mejor postor. Solo de vez en cuando...

Muy atrás en el tiempo había quedado la persona que realmente era, aquella que llegó a la ciudad con una maleta cargada de sueños que no se cumplieron.

Ya ni me reconocía en el espejo. Pero era yo, seguía llevando mi nombre.

Tres años antes no era más que una niña inocente que quería comerse el mundo, sin embargo el mundo me comió a mí, me devoró por completo y no pude hacer nada.

La oportunidad de mi vida llegó de la mano de un amigo de una de las parejas a las que yo solía limpiar la casa.

Yo adoraba bailar y él tenía una academia de baile, así que me ofreció darme clases gratis si me aplicaba, si le demostraba mi potencial.

El primer día que entré en la academia lloré como una descosida al darme cuenta de que, por fin, estaba dando el primer paso hacia mi sueño.

Ramón tenía también otro negocio y me dijo que trabajaría en él de camarera para pagarle de alguna manera las clases de baile.

El primer día que entré en mi nuevo trabajo, también lloré, pero no de alegría. Era un sitio oscuro, aunque estaba lleno de luces. Una sala de *striptease* medio escondida en un callejón, aunque todo el mundo la conocía.

Tuve que empezar a lidiar con borrachos, drogatas y hombres que querían llevarme a la cama, unos pagando y otros pensando que mi cuerpo también formaba parte de la consumición que habían abonado.

En este ambiente al que yo no estaba acostumbrada pasaba las noches sufriendo en silencio, intentando mantenerme lo más lejos posible de toda la podredumbre, la corrupción y el vicio.

Mi única alegría era bailar porque además me habían dicho que valía para ello, que bailar era mi meta en la vida. Y yo me dedicaba en cuerpo y alma cada día. La música guiaba mis pies sin apenas darme cuenta y a veces hasta me daba la impresión de que volaba. En esos momentos era feliz y me olvidaba de todo lo demás.

Bailaba cada día todo lo que mis pies me permitían, hasta que me dolían y apenas podía apoyarlos en el suelo.

Y mi esfuerzo se vio recompensado. Ramón me ofreció un nuevo trabajo.

Creo que aquel fue uno de los días más tristes de mi vida.

Ni siquiera sé cómo no lo había visto venir, pero nunca había sabido ver el lado oscuro de las personas.

Pasé de servir copas a bailar medio desnuda en un escenario mientras cientos de ojos me comían con la mirada y otras tantas bocas babeantes se acercaban a mí para lanzarme dinero.

Fue humillante y degradante porque además de tener que exhibirme casi sin ropa, nadie se fijaba en mi baile.

Me permitieron en principio conservar la poca dignidad que me quedaba y no tenía que desprenderme de toda la ropa, aunque mis pechos siempre vibraban oscilantes siguiendo mis movimientos para que todos los vieran.

Aprendí a poner la mente en blanco, a aislarme de la jauría masculina que me rodeaba y a centrarme única y exclusivamente en mi baile. El acto de quitarme la ropa fue perdiendo importancia con el tiempo, al igual que algo dentro de mí se fue consumiendo poco a poco y dejé de ser quién era para llegar a ser quién soy ahora mismo.

Fruto de la desidia, probé el alcohol, probé las drogas y empecé a aceptar dinero de vez en cuando por tener algún encuentro rápido en el asiento trasero de un coche, en un callejón a la sombra de un contenedor de basura o en una habitación de hotel, casi siempre raída y sucia.

Era algo esporádico, pero poco a poco se fue convirtiendo en un hábito, llegando a tener varios encuentros a la semana con distintos hombres. Mis iniciales coqueteos con la droga pasaron a ser algo más que coqueteos y establecimos una especie de relación entre ella y yo en la que la droga ganaba siempre la partida.

Entré así en un mundo que jamás pensé que fuera para mí y me convertí en una rata más de la cloaca. Me hundí más y más en la miseria, dándome cuenta demasiado tarde de en qué me había convertido.

Dejé atrás a Ramón hace algo más de un año. Tenía el dinero suficiente para no necesitarle y simplemente me marché un día para no volver sin decir nada. Nunca volví a verle.

Mi pasión por el baile sigue latente, pero apenas practico, lo he dejado ahí relegado a un segundo plano. O a un tercero o cuarto, incluso.

Llevo años sin hablar con mis padres, aunque les mando regularmente algo de dinero. Se me caería la cara de vergüenza si algún día supiesen cómo es ahora su hija y en que se ha metido.

Pero ahora he encontrado una manera de salir de todo esto.

Miro el vaso vacío en mi mesilla y tengo tentaciones de ir a ponerme otro, pero prefiero encender un cigarrillo.

Vuelvo a los datos de mi agenda y me centro en la última línea.

8N9 201040 NABUCODONOSOR

Uno de mis..., llamémoslo escarceos, tenía la mala costumbre de pagarme siempre sacando el dinero directamente de su caja fuerte delante de mí y el mal acierto de haber creado un cierto clima de confianza conmigo.

Tenía una pequeña casa anexa a la principal donde, más o menos una vez a la semana, se citaba conmigo. A veces solo para hablar, ya que decía que disfrutaba mucho de mi compañía, otras para ver una película, leer juntos, verme bailar o simplemente para tener sexo con él o con alguno de sus clientes mientras él miraba.

Era un hombre interesante y cariñoso, de hecho era el único de los que se metía asiduamente en mi cama al que había llegado a cogerle cariño.

Solía hacerme regalos que sabía que me gustarían y, en alguna ocasión, que iba muy colocada, me había dejado también pasar allí la noche.

Contactaba siempre conmigo a través de un mensaje de texto indicándome la fecha y la hora, y luego su coche pasaba a recogerme.

Nunca sabía qué era lo que iba a ocurrir en nuestros encuentros y hoy no sería una excepción. Así que cuando crucé el umbral de la puerta y le vi sentado de espaldas a ella, con Mozart de fondo y una gran tarta en la mesa, ni siquiera me sorprendí.

—¿Es tu cumpleaños, cariño? —le dije mientras me dirigía a él y le daba un beso en los labios.

—No —dijo riendo—, pero tengo algo que celebrar y quiero hacerlo contigo.

Me sentó sobre sus rodillas y metió su mano bajo mi vestido mientras me besaba. Daba comienzo así una velada que me iba a deparar muchas sorpresas.

Aquella tarde me pidió que bailase desnuda para él y lo hice de la forma más soberbia que lo había hecho en mi vida.

Comimos tarta con las manos, sentados en el suelo y solo entonces me di cuenta de que el extremo de algo asomaba en mi porción de pastel. Cogiéndolo con los dedos, saqué una llave que reconocí al instante. Ni siquiera pude articular palabra.

—Esto facilita bastante tu trabajo, ¿verdad?

Yo le miraba sin saber bien si era un regalo o una sutil forma de echarme en cara que lo sabía todo, que siempre lo había sabido.

Pareció adivinar lo que pensaba y, cogiendo mi rostro entre sus manos, me dijo:

—Dime qué es lo que quieres. Mejor dicho, dime lo que siempre has querido.

En principio no comprendí, pero pronto supe a qué se refería. Me preguntaba por mis sueños, por mi inocencia, por la persona que yo era en el fondo y me eché a llorar desconsolada, sintiendo sobre mí el peso de todo lo que había hecho.

Quise borrarlo todo, quise desaparecer, olvidarlo. Pero no podía.

Acercó una copa de *champagne* para cada uno, que alzó para un brindis.

—Por Nabucodonosor.

Chocamos nuestras copas y bebimos en silencio.

—¿Quieres saber qué celebramos?

Asentí sin decir nada.

—Hoy hace un año que te conocí y, aunque te parezca increíble, has conseguido formar parte de mi vida mucho más de lo que te imaginas. Me hubiese gustado que esa llave fuese en realidad un anillo de compromiso, pero los dos somos lo suficientemente sinceros con nosotros mismos como para saber que eso tan solo habría sido un chiste. No estoy enamorado de ti, pero de alguna forma extraña te quiero, igual que sé que, de una manera u otra, tú sientes cierto apego también por mí. Y ahí, justamente ahí, finaliza nuestro romance. Esa llave que sujetas fuertemente en tu mano sin soltarla, hace tiempo que es tuya. No he llegado a mi posición sin saber dónde me metía ni en quién confiaba. Te conozco, quizás mejor que tú misma, y sé que esa zorra descreída que se vende por dinero es todo pura fachada. Sé lo que hay debajo, siempre he sabido verlo, pero ahora te toca a ti abrir los ojos. Vístete. Espero que recuerdes la clave.

Nabucodonosor era un edificio de oficinas al que Dominic me había llevado varias veces.

Contaba con una entrada principal, aquella que los trabajadores empleaban a diario, pero unos metros más allá, oculto entre el follaje, había otra construcción diferente, más pequeña, menos imponente, aparentemente insignificante. No obstante lo importante estaba en su interior. Cada puerta que había que cruzar hasta el corazón de esa mole exigía introducir una clave en menos de cinco minutos.

Estábamos a la entrada del edificio. Ocho puertas nos separaban del lugar destinatario de mi llave.

Me señaló el primer cuadro haciendo ademán de que introdujese las coordenadas apropiadas.

OSLO 1212. Un *clic* nos dio paso automáticamente a las instalaciones.

No había guardias de seguridad porque lo intrincado del recorrido interior y las sucesivas claves lo hacían infranqueable. Pero yo había ido muchas veces y en cada una de mis visitas había memorizado el código de una puerta, que luego anotaba meticulosamente.

Fue más difícil hacer un plano de aquel laberinto. Me llevó varios intentos hasta que estuve segura de que el dibujo que tenía era el correcto.

Dominic me seguía a cierta distancia observando mis movimientos. Yo empezaba a necesitar una raya y mi cabeza luchaba por mantenerse lo más firme y precisa posible.

Segunda puerta. ROMA 2323. *Clic.*

Tercera puerta. LIMA 3434. *Clic.*

La cuarta era diferente a las anteriores, y aquí la secuencia de dígitos y letras comenzaba a complicarse. A mi cabeza le costó un poco más recordar esta clave de acceso y, casi a punto de cumplirse los cinco minutos, conseguí introducirla con éxito.

La quinta, no sé por qué, siempre me había resultado fácil no olvidarla y, tras superar la sexta y séptima con un poco más de dificultad, porque mi mente no estaba tan lúcida como debería, nos encontrábamos frente a frente con la octava puerta en un duelo desigual. Sabía las teclas que debía pulsar y lo hice sin darme tiempo a pensarlo.

El centro de Nabucodonosor se abrió a mí como los pétalos de una flor, dejándome ver todo su esplendor. En el centro había un ascensor que descendía hasta las entrañas de la tierra y, una vez en él, introduje la llave que aún guardaba celosamente en mi mano. Comenzamos un descenso lento y controlado en medio de un incómodo silencio y una más incómoda todavía proximidad.

Agarrándome por la cintura, me giró hacia él, colocando sus ojos a la altura de los míos. Sonrió y me besó. Tenía sabor a último beso.

Cuando el ascensor se detuvo, aún estábamos fusionando nuestros labios y aún tardamos unos segundos en apearnos.

Nos encontrábamos en una sala vetusta y él me cogió de la mano para llevarme hasta uno de los muebles del fondo. Abrió sus puertas y me ofreció introducir la última clave. La más fácil de todas. 8N9 201040 NABUCODONOSOR.

Tomando las dos letras de la primera palabra: 8N y cuatro dígitos de la segunda: 2010, extraíamos una fecha, 8 de noviembre de 2010, el día de la inauguración. El 9 aludía a las nueve plantas de altura y 40 al número de oficinas. Por último, completaba el código el nombre que se había dado al edificio.

La sala se iluminó y yo pude, por fin, dar el primer paso hacia mi destino. Frente a mí, había dinero suficiente para resolver varias vidas, pero yo solo quise coger una pizca más de lo necesario para empezar de nuevo y poder continuar en el punto donde mi yo de verdad había quedado olvidado. Dominic quiso que cogiese más dinero, pero lo rechacé con un gesto y él me dedicó su última sonrisa, aquella que me había iluminado tantas veces.

Once meses después estaba sola, sentada en un vagón de tren observando el paisaje que aquel día soleado quería brindarme. Esta vez también con una maleta, pero sin miedos que me acompañasen.

Estaba casi limpia, casi desintoxicada de mi adicción al alcohol y a las drogas, aunque aún me quedaba un largo trecho por recorrer para no volver a caer y estaba dispuesta a conseguirlo.

Dominic me había demostrado que, a pesar de todo, había gente buena y que, aunque yo jamás recuperaría la inocencia perdida como él deseaba, sí había conseguido despertar la vida que en mí llevaba tanto tiempo dormida.

Viajaba con destino a ninguna parte, simplemente para empezar de cero y para estar muy lejos de aquel mundo sórdido en el que durante los últimos años me había sumergido.

A veces las oportunidades tardan en llegar, pero llegan. Yo buscaba una oportunidad para bailar, sin embargo encontré una oportunidad para vivir cuando ya creía que no existía.

El campo se volvía cada vez más verde a medida que avanzábamos. Yo sonreía recostada en el asiento. De mi cuello colgaba una cadena de plata con una llave. Una llave que llevaba grabada una palabra mágica: Nabucodonosor.

TODO, ABSOLUTAMENTE TODO, TIENE CONSECUENCIAS

La fiebre sacude mi cuerpo provocándome convulsiones espontáneas. Tengo calor y tengo frío. Gotas de sudor van perlando la curva de mi cuello, de mi columna, del inicio de mis senos.

Mi piel está caliente, ardiendo. Cierro los ojos con fuerza porque no puedo mantenerlos abiertos. Me duele.

Algo en mi interior está cambiando y lo está haciendo deprisa. Percibo un torrente de energía llenándome por dentro, desbordándome con tal ímpetu que está a punto de darme un colapso.

Intento respirar despacio, poner mi mente en otra cosa, pero es difícil rehuir el dolor, la emoción, la expectación...

Como cambia la vida en un instante, en un momento. Por una decisión.

Un mes antes

El dinero, siempre el maldito dinero. Estiras hasta el límite los pocos ingresos que tienes para no dejar al descubierto ningún recibo del banco y, con un poco de suerte, que sobre lo suficiente como para tener algo que llevarte a la boca todos y cada uno de los días del mes.

Por más que pasa el tiempo, la situación simplemente empeora. Apenas salgo a la calle y, cuando lo hago, es casi siempre para sentarme en el parque a arrojarles unas migas de pan a los patos. Los veo deslizarse sobre la suave superficie del agua. Felices, no como yo.

Hace tiempo que olvidé lo que es darse un capricho y sentir esa satisfacción de haber conseguido algo que deseabas recorriéndote la médula.

Me he alejado de mi familia y amigos. Mi vida va directa al declive y no puedo pararla, solo sentarme a esperar en este parque lleno de gente mientras miro con fingida despreocupación a los transeúntes. Por hacer algo. Por llenar mi tiempo. Por no dejarme morir en un rincón de asco.

Creo que sé exactamente en qué momento comenzó mi caída sin frenos hacia el abismo, pero me da vergüenza hasta recordarlo.

El odio no lleva hacia ningún sitio y todo, absolutamente todo, tiene consecuencias.

Cinco horas antes

Permanezco obedientemente tumbada y aparento estar tranquila, aunque no sé si lo consigo. Siento como si me latiera el corazón dentro de la cabeza y el cerebro me golpeara en el pecho.

Tres personas maniobran a mi alrededor preparándolo todo. Una mujer de mediana edad con el pelo excesivamente ensortijado y mirada de ratón, me dedica una sonrisa, lo cual no sé si me reconforta o me pone aún más nerviosa. Intento devolverle el gesto, aunque solo consigo dibujar una mueca en mi rostro contraído por la angustia.

Mirando a mi alrededor, me siento como una cobaya de laboratorio. ¿Acaso soy otra cosa?

Veinte días antes

Encuentro un periódico abandonado en mi banco del parque y, tras mirar ambos lados, lo cojo disimuladamente mientras me siento y empiezo a ojearlo.

Un accidente de avión en primera plana. Política. Corrupción. Más miseria y penurias. Paso rápidamente las hojas arrugadas sin detenerme excesivamente en ninguna noticia para no acaparar más desolación de la que ya llevo dentro.

Pierdo unos largos minutos mirando la cartelera del cine. Como si pudiera permitírmelo… Pero ese pequeño detalle hace que vuelva a sentirme dentro del mundo al que ya no pertenezco.

De ahí paso directamente al horóscopo, saltándome las páginas que quedan en medio.

> CAPRICORNIO. *Esta semana recibirás una noticia inesperada que cambiará el sentido de tu vida. El amor no te depara sorpresas. Problemas de salud. Suerte los días 5, 8 y 20.*

Cierro el periódico y lo dejo a mi lado, aunque pronto empiezo a necesitar entretenerme en algo y vuelvo a cogerlo. Esta vez empiezo por atrás. Alguna noticia rosa, espectáculos, anuncios.

Recorro con la vista la larga hilera de ofertas y demandas laborales y sexuales. Alguna vez pensé poner en algún periódico de larga tirada algo del tipo: «Jovencita muy cachonda necesita hombres que le demuestren su hombría. Hago todo lo que quieras, solo tienes que pedirlo. Seré tu esclava». Solo como experimento, solo por ver qué tipo de gente respondía a este tipo de reclamos… Pero no me había atrevido a hacerlo nunca.

Unas cuantas frases enmarcadas en negro captan mi atención como si se tratasen de un letrero luminoso.

> *Importante empresa farmacéutica precisa personal para asistir en pruebas de laboratorio. No necesaria experiencia. Trabajo sencillo. Bien remunerado. Interesados, enviar currículum vitae a: doctorpasteur@gmail.com*

No tengo muy claro por qué, pero arranco esa página y la guardo en mi bolsillo antes de volver a depositar el periódico cuidadosamente en el lugar en el que lo había encontrado.

Me dirijo a casa pensando si debería probar suerte.

Tres horas antes

—Tranquila. Posiblemente notes una leve quemazón en el abdomen. Es normal. Se pasará enseguida y luego irá todo como la seda. No vas a sentir nada.

Y yo me lo creí todo a pies juntillas. Ni siquiera me plantee en ese momento lo ridículo de esas palabras. «¿Cómo sabes lo que voy a sentir si hasta ahora solo lo has probado en ratones? ¿Te lo han contado ellos?».

Desde luego, no era cierto. El líquido que me inyectaron comenzó a hacer efecto nada más entrar en mi torrente sanguíneo. Me escocía por dentro según iba avanzando y habría salido corriendo de allí si no me encontrase firmemente atada a la camilla.

Comencé a soltar todos los improperios e insultos que me vinieron a la cabeza, pero no había nadie para escucharme. Estaba sola, aunque también estaba segura de que me observaban desde la tranquilidad de otra sala oculta a mi vista.

Lo que estaba experimentando, nunca mejor dicho, no merecía el dinero que me habían pagado

—Es una prueba inocua para tu salud. Los efectos adversos que puedes notar son dolor de cabeza y, en las extremidades, quizás algo de enrojecimiento en la piel y una leve sordera transitoria. Nada irrecuperable.

Y me lo tragué.

—Se trata de un nuevo medicamento que hemos desarrollado para poder paliar los efectos de la desnutrición en los países más desfavorecidos. Tras las pruebas médicas que te hemos realizado, tú presentas algunos de esos signos, aunque en mucha menor medida que ellos, pero se nota que has tenido carencias alimentarias. Debido a esto, eres la candidata idónea. Por eso te hemos elegido.

Y me lo tragué. Y firmé todo lo que me pusieron por delante. Y cobré mi cheque. Y no hice preguntas.

Cinco meses antes

Crucé las piernas sensualmente tras mi mesa de oficina y dispuse suavemente mis dedos acariciando las teclas para redactar el informe presupuestario que me había encargado mi jefe.

Sobre mi muñeca descansaba una fina pulsera de oro que repiqueteaba contra la mesa haciendo notar su presentica. Y yo, dichosa y orgullosa de saber lo que significaba, contaba las horas para que acabase la jornada y todo el mundo se fuese a casa.

Todo el mundo menos yo, que remolonearía discretamente para alargar deliberadamente mi trabajo.

—¿Otra vez hasta tarde, Ángela?

—Demasiado trabajo, no doy abasto, pero tengo que terminarlo.

—Que te sea leve. Hasta mañana.

—Hasta mañana, Jon.

Esperé un poco más. El suficiente para asegurarme de que no quedaba nadie en la planta. Todo estaba en silencio y salí de detrás de mi escritorio para cruzar la sala en dirección al despacho de mi jefe.

Pasé sin llamar. Como siempre hacía al final de su jornada, se había aflojado la corbata y había recogido los puños de las mangas de su camisa para estar más cómodo. Me coloqué tras él, dándole un suave masaje sobre los hombros mientras se relajaba recostando su espalda sobre la silla.

Le besé la nuca y, desde atrás, desabroché los dos primeros botones de la camisa e introduje mi mano por la abertura para acariciar su torso. Me detuvo.

—Ángela, tenemos que hablar.

—Luego.

—Ángela, es importante, tenemos que...

No pudo acabar la frase. Se le salieron los ojos de las órbitas cuando me coloqué frente a él y subí mi falda hasta la cintura mostrándole mi pubis totalmente depilado sin ropa interior que lo cubriese.

—Luego —le susurré una vez más.

Puso sus manos sobre mis nalgas acercando con fuerza mi cuerpo al suyo, que seguía sentado.

Comenzó a besar como un loco mi monte de Venus hasta que me arrojó literalmente contra la mesa, abriéndome las piernas y llevando su boca hacia allí para notar mi humedad en su lengua, para absorberla, para beberme por completo.

Me estaba clavando en la espalda la grapadora, aunque no me importaba. Solo me importaba el calor que sentía entre las piernas y su lengua, suave y firme, explorándome sin descanso hasta dejarme exhausta. Llegó un momento en que pensé que no podía más y estuve a punto de apartarle, de decirle que parase, que no siguiese... pero me contuve y me dejé perder en el placer que él me daba. Como tantas otras veces.

Frenó de pronto, se puso de pie y me irguió rápidamente para volver a tirarme contra la mesa, esta vez de espaldas.

—Métemela. Fuerte. Hasta dentro.

No necesitó más alicientes para clavármela con tantas ganas que me hizo daño sentirle.

—Sigue. Sigue. Sigue. Sigue. Sigue.

Y me hizo caso. No paró de debatirse dentro de mí, cada vez con más desesperación, con más furia, mientras yo tenía un orgasmo tras otro.

Introdujo uno de sus dedos en mi ano y me estremecí de placer.

—No pares, por favor, no pares.

Obediente, siguió maniobrando en uno y otro orificio al tiempo que yo dejaba escapar gritos de placer. Hasta que sentí como aflojaba el ritmo entre exclamaciones que yo ya conocía, jadeando, antes de detenerse del todo.

Se quedó un rato más dentro de mí, saboreando el final del encuentro, los dos en silencio.

Luego se retiró dándome un cachete en el culo y sentí un hilillo líquido que descendía por mis piernas.

Y fue ahí, justo en ese momento, donde empezó todo.

Una hora antes

Apenas tres horas después de que me inyectasen, había comenzado a subirme la fiebre. Me encontraba mal, muy mal, pero por más que me quejaba, no acudía nadie a socorrerme.

En ese momento me sentía como un ratón dentro de una caja, indefensa, sin poder hacer nada mientras me estudiaban, mientras probaban en mí a saber el qué. Y todo bajo mi expreso consentimiento.

Lo único que me vino en ese momento a la cabeza, como un recuerdo ya lejano, fue el deplorable momento que propició que estuviese en esa cama sufriendo lo indecible.

Ese instante en el que mi jefe, aún abrochándose los pantalones, me dijo no solo que no iba a dejar a su estirada y aburrida novia, sino que iban a tener un hijo y a casarse, por lo que yo me quedaba en la cuneta mientras todavía una parte de él se deslizaba por mis piernas.

Perdí el norte, lo perdí todo. Me inundó un rencor y un odio que no había sentido hasta entonces y me abalancé contra él desgarrándole la camisa y clavándole las uñas por el pecho y la cara.

Después, todo era confuso, pero lo que ocurrió acabó desembocando en una denuncia por agresión con orden de alejamiento incluida y en un despido en toda regla donde perdí todos mis derechos y no percibí nada.

Eso me fue llevando poco a poco a la ruina física, psíquica y personal. Y llegué a estar tan desesperada por encontrar cualquier pequeña vía que me proporcionase ingresos, que acepté la primera oportunidad descabellada que se cruzó en mi camino sin pararme a pensar en nada más que no fuese añadir unos cuantos ceros a la derecha a mis ya casi inexistentes ahorros.

Aquí y ahora

Hacía rato que no pronunciaba palabra porque ya no me quedaban fuerzas. Lloraba en silencio, incapaz de soportar un segundo más aquella tortura, deseando que acabase. De la forma que fuese, pero que acabase de una vez por todas.

Apenas podía mantener los ojos abiertos, sentía que me desmayaba y ni siquiera era consciente de mi propio cuerpo. Había dejado de notar que estaba ahí porque no tenía control sobre él, como si me lo hubiesen extirpado, como si simplemente fuese un cerebro conectado a miles de cables lanzándome descargas angustiosas.

Empecé a dudar de mi propia existencia. ¿Estaba viva o muerta? ¿Había ocurrido o todo era un sueño? Lo único real era ese maldito dolor que me embargaba por completo sin que hubiese nada más.

Cerré los ojos, cansada. Poco después, un pitido estridente y lineal llenó la sala vacía…

Una hora y cuarenta minutos después

—Según iban las cosas, estaba claro que no iba a sobrevivir.

—Estáis seguros de que no va a buscarla nadie, ¿verdad?

—Tranquilo, nadie va a hacer preguntas. Su vida social se limitaba a cero. Cero bajo cero.

—¿Cuándo haremos la siguiente prueba?

—Tenemos que hacer unos pequeños ajustes en el fármaco, pero creo que en uno o dos meses estaremos listos para empezar de nuevo. Y esperemos que esta vez funcione.

—¿Crees que lo conseguiremos? Después de tantos experimentos fallidos, de tantos cadáveres acumulándose en la trastienda, empiezo a perder la esperanza.

—Tendremos el secreto de la longevidad en una jeringuilla y con un chasquido de dedos conseguiremos que nuestros militares no envejezcan, que autoregeneren sus heridas, que no sientan miedo ni dolor, que no exista el estrés postraumático tras una guerra y que sean tan condenadamente eficaces matando a sus enemigos como en las mejores películas de ficción.

Los tres investigadores intercambiaron unas risas y se perdieron por un largo pasillo arrastrando una camilla con un ser inerte.

Entraron en la cámara frigorífica y, con poco esfuerzo, abandonaron aquel cuerpo ya inservible sobre una estantería fría y metálica antes de desandar el mismo recorrido y volver a sus vidas como si no hubiese pasado nada en las últimas horas.

En uno o dos meses, con un poco de suerte no ocurriría lo mismo y el objeto de estudio sobreviviría y les daría las llaves para ser dioses, sin testigos de las anteriores atrocidades cometidas.

Solo habían cometido un error.

Yo no estaba muerta. Abrí los ojos y estudié el lugar en el que me encontraba. Mi mente ya había comenzado a planear su venganza.

Todo, absolutamente todo, tiene consecuencias.

EL LATIDO DEL ALMA

Descubrí demasiado tarde que la epidemia que avanzaba consumiendo la Tierra era imparable y, más tarde todavía, que ninguno de nosotros estaba a salvo, no quedaría un alma en pie después de esto, solo cuerpos sin vida por doquier y un mundo que nada tenía que ver con el que habíamos conocido.

El abuso de pesticidas sobre las cosechas desarrolló en los alimentos un virus que no supimos ver y que nos fue mutando poco a poco hasta llegar a ser lo que somos. Eso, para los que tuvimos la desgracia de sobrevivir, porque otros tuvieron más suerte y se quedaron en el camino.

Al principio solo eran dolores de cabeza que hacían que nos atiborrásemos a analgésicos. Poco después empezó una especie de gripe que parecía durar indefinidamente y contra la que no se encontraba ningún medicamento ni vacuna efectivo.

Y después... después todos nuestros huesos comenzaron a estirarse y encogerse causándonos un inmenso dolor hasta que un buen día de pronto paró.

Gradualmente, en un plazo de pocas semanas, todos menos los que habían muerto en el proceso, fuimos sanando milagrosamente e, ingenuos de nosotros, continuamos con nuestra vida pensando que había terminado. No entendíamos qué había ocurrido y qué tipo de virus aparece, asola a toda la humanidad y luego desaparece sin dejar rastro.

La normalidad duró poco.

El día once de noviembre a las 11:11 horas, un dolor punzante nos sacudió en el pecho y una especie de descarga eléctrica agitó nuestros cuerpos mientras nuestras cabezas parecían a punto de reventar en mil pedazos como una piñata de feria.

Nuestras almas abandonaron nuestros cuerpos. Y nosotros lo sentimos.

Un cuerpo sin alma es como un zombi. Un despojo sin vida ni conciencia, sin pensamientos ni sentimientos, que se deja guiar por el instinto de conservación sin saber dónde le lleva.

Cuando mi alma me abandonó, sentí como si un experto carnicero me estuviera extirpando de cuajo el corazón del pecho sin ninguna anestesia. Fue un dolor profundo, un dolor como el que nunca había sentido y luego... nada. Sentía que no tenía vida, pero seguía allí con los ojos abiertos.

La humanidad se dividió en dos facciones enfrentadas: los nosem y los toncuore.

Los primeros carecían de la facultad de diferenciar el bien del mal y actuaban en cada momento según les convenía, sin importar lo que cayese por el camino.

En el otro bando, la extracción del alma había provocado que si bien sabían distinguir los actos buenos de los que no lo eran, carecían de escrúpulos a la hora de aplicar las normas y, cuando había que castigar, lo hacían a sangre fría sin ningún remordimiento de conciencia. Sí es verdad que, por las buenas, eran capaces de respetar a sus semejantes por encima de ellos mismos. Las dos caras de una misma moneda que a pocos les gustaba tirar al aire. Eran justicieros y se erigían como el continuo azote de los nosem.

Soy Kamiki, la justiciera de la luna, de la raza de los toncuore. Y soy la que dicta las normas.

Me gané el título por méritos propios y a costa de derramar sangre.

Todavía estábamos alineándonos después de la extracción, cuando dos chicos que no contaban con más de veinte años, iniciaron una masacre con el único objetivo de desvalijar la joyería más grande de la ciudad. Un edificio de dos plantas en el que, gente como yo, no había osado entrar nunca. La parte de abajo estaba destinada al taller y al comercio propiamente dicho, pero en la planta de arriba vivía una familia de seis miembros que no sobrevivió. Los gritos eran ensordecedores y llegaban hasta la calle.

No pensé absolutamente en nada, solo me dejé llevar por la furia y, con unas tijeras en la mano, entré allí y organicé una carnicería. No podía hacer nada por la familia, pero sí me encargué de que aquellos chicos no saliesen de allí con vida.

Cubierta de sangre de pies a cabeza y aún con las tijeras de la mano, me fui del establecimiento sin mostrar ningún signo de dolor por lo que acababa de hacer. Ya en la calle, grité unas palabras que se convirtieron en el santo y seña de nuestra raza: «He hecho justicia».

Han pasado dos años desde la extracción y por mis manos ya ha corrido mucha sangre.

Empiezo a fantasear con la idea de que quizás haya alguna manera de recuperar nuestra alma perdida y volver a la normalidad.

Estoy cansada de matar, de ser la líder de un grupo que me sigue a pies juntillas sin cuestionar mis decisiones, de no sentir absolutamente nada más que una ira ciega cuando veo una injusticia.

Los comandos 1, 3 y 6 se entrenan mientras yo observo como se compenetran sus movimientos. Son perfectos asesinos, unas máquinas de matar que yo he creado.

Una vez al año se celebra una convención donde acudimos los líderes de todas las ciudades del norte. Se revisan las leyes y se aprueban o modifican tras un debate que, por lo general, dura horas.

En la reunión de este año hay alguien que no conozco, alguien que parece menos curtido, menos hastiado y menos sangriento que todos nosotros.

Renzo, justiciero de las estrellas, era nuevo en su puesto. El líder de su grupo cayó en una redada de los nosem y él fue declarado nuevo jefe de la manada.

Le miro y sé qué han visto en él. Muestra unas ideas fuertes y arraigadas y un carisma que emana de él cada vez que abre la boca o deja caer sus pestañas sobre los ojos. Pero en esos ojos no veo el instinto asesino que tenemos el resto de nosotros. Su mirada es limpia, no está inyectada en sangre.

Siento una curiosidad irrefrenable por este nuevo miembro del grupo y le observo, le analizo. Incluso llega un momento en que me parece sentir una cierta atracción por él, pero eso es imposible, no somos capaces ya de albergar ese sentimiento, es solo un recuerdo.

Se decide por unanimidad que Renzo necesita más entrenamiento y me eligen a mí para llevarlo a cabo por ser una de las más experimentadas en combate. Me precede mi reputación.

Voy a tenerle un mes en mi tierra. Tiempo suficiente para seguir estudiando ese gran misterio que me muestran sus ojos.

El justiciero de las estrellas aprende rápido. Tanto que, en pocas semanas, me cuesta discernir sus movimientos de los del resto de mis comandos.

Provoca cierta agitación en mí cuando estoy cerca. Creo que si funcionara mi corazón, me latiría con fuerza.

Organizo una pequeña partida para capturar e impartir justicia sobre un hombre y una mujer nosem que, por un poco de comida, torturan y luego decapitan a todo aquel que se cruce en su camino. Renzo va conmigo a la cabeza. Es hora de probarle en el campo de batalla.

Cuando les damos caza, dictamino que merecen morir de la misma forma que ellos matan a sus víctimas y mis hombres no tardan un segundo en comenzar a ejecutar mis órdenes.

Para el golpe final reservo a Renzo que, para mi sorpresa, se queda un momento rezagado antes de descargar su espada certeramente sobre los dos nosem, que apenas se mantienen ya con vida antes del golpe.

Nadie más se ha dado cuenta, pero yo he visto como temblaba ligeramente su mano y como, en el momento en que el arma rozaba la piel de nuestros enemigos, ha cerrado un segundo los ojos.

Renzo no es un toncuore, no lo lleva en la sangre. Pero tampoco es un nosem. Entonces, ¿a qué bando pertenece? No hay ninguna otra raza sobre la faz de la tierra. Al menos, no hasta ahora.

Me veo en la obligación de juzgar lo que he visto y de decidir, de la misma manera cruel y despiadada pero justa que yo siempre suelo hacerlo.

Me distraigo intentando averiguar por qué él es diferente, por qué parece mostrar piedad cuando nadie más podemos hacerlo.

Y si... ¿y si él tuviese alma? ¿Y si su corazón aún funcionase? ¿Y si tuviese sentimientos?

Decido verle a solas para averiguarlo y si se confirman mis sospechas... Escondo en mi manga un estilete y le hago llamar.

Es de noche cuando nos encontramos y los dos elementos que conforman nuestros emblemas, la luna y las estrellas, nos observan desde el cielo como una especie de predicción o de destino.

Cuando nos quedamos a solas, me acerco a él poniéndole la mano en el pecho, y es entonces cuando lo siento. Su corazón late y va muy deprisa.

No tardo ni un segundo en reaccionar apuntando a su abdomen con el estilete, pero él es más rápido y me lo arranca de la mano. Iniciamos una lucha cuerpo a cuerpo con el claro objetivo de que solo uno de los dos salga venciendo. Y ni él ni yo parecemos dispuestos a perder, aunque yo estoy más entrenada y acabo derribándole en el suelo con la clara intención de matarle.

Estamos muy cerca y yo intento aprisionar su garganta, y ese es el momento que él aprovecha para vencerme como nadie lo había hecho nunca. Renzo acaba de besarme. Un beso que me trae inmediatamente un tumulto de recuerdos, del sabor de otros besos, del tacto de otras lenguas y, sin poder evitarlo, le correspondo en un beso largo y húmedo que acaba cuando siento una fuerte punzada en el pecho que hace que me desmaye sobre Renzo.

Aún no tengo claro qué ha ocurrido, pero estoy segura de que Renzo me ha traicionado, aprovechando que me tenía unida a sus labios, para ensartarme con mi propio estilete. Me llevo, medio adormecida, la mano al pecho y siento algo húmedo y viscoso. Me cuesta abrir los ojos y el dolor no me deja moverme de mi posición, tumbada en el suelo.

Sé que hay alguien cerca de mí, aunque no puedo discernir quién es. ¿Será Renzo? ¿Serán mis hombres? Olfateo el aire y me llega un perfume peculiar, como de sándalo. Es el olor del justiciero de las estrellas.

Intento forzarme a reponerme cuando siento algo más. Algo que no pensé que volvería a sentir nunca.

FINAL I. *Para los que odian los finales felices*

Un gran chorro de sangre se escapa como una fuente del centro de mi pecho. Hacía mucho que no me ocurría, solo heridas mínimas. Estaba acostumbrada a tener en mis manos la sangre de los demás, pero no la mía propia.

Siento que muero de nuevo, a pesar de no entender cómo ha ocurrido todavía. Consigo por fin abrir los ojos y veo frente a mí a Renzo, que me sonríe. Muestra en su mano el estilete ensangrentado mientras observa cómo se me va la vida del todo. En cierto modo me siento agradecida, pensé que no podría abandonar esa media vida nunca.

Lo último que veo antes de cerrar mis ojos para siempre, son los suyos. Y, ahora sí, están inyectados en sangre.

FINAL 2. *Para los románticos*

Mi pecho palpita. Mi corazón vuelve a tener latido y casi vuelvo a desmayarme de la impresión. Renzo tiene cogida mi mano libre entre las suyas y me sonríe de la forma más dulce que he visto nunca. Había olvidado la dulzura, había olvidado las miradas tan limpias como la que me está dedicando.

Renzo ha sido elegido, por azar o por destino, para ser diferente a los demás y ha encontrado la forma de devolverme mi alma. El peso de la culpa por mis crímenes comienza a invadirme y lloro, no sé si de alegría por sentirme de nuevo viva y volver a tener todos esos sentimientos o si de pena al tener conciencia otra vez, al azotarme la culpabilidad de todo lo que había hecho durante este tiempo.

Renzo se acerca a mí y me besa. Esta vez percibo cómo mi corazón se agita mientras comparto con él ese gesto.

Lo que ocurra a partir de ahora es un misterio para mí pero, pase lo que pase, sé que no estaré sola.

En el cielo se recorta una gran luna llena y un surtido manto de estrellas. Y yo vivo, siento y amo como pensé que nunca volvería a hacerlo.

FINAL 3. *Para los que quieren más*

Mi corazón comenzó a bombear sangre a partir del beso que me dio Renzo y un hilo rojo salió de mi pecho manchando mi uniforme. No era una herida, era un orificio de salida para que escapase la culpabilidad por lo que había hecho durante los últimos dos años, para purgar mis culpas y expiar mis pecados, para poder vivir con ello sin que me atormentase el resto de mis días.

Renzo me cuenta cómo recuperó su alma. Fue a través de una niña que le salvó la vida, demasiado inocente para haberse contaminado del todo con la locura sangrienta que nos inundaba en esta nueva era. Con ese gesto de amor, Renzo experimentó lo mismo que yo hace unos momentos: el proceso inverso a la extracción, pero igual de doloroso.

Había una forma de devolver el alma, pero habría que hacerlo a pequeña escala, sin que nadie se enterase, para no convertirnos en forajidos perseguidos por nuestros propios bandos. Trazamos un plan que llevaría años desarrollar, pero que podríamos ir extendiendo poco a poco para ir convirtiendo a los que se fuesen cruzando en nuestro camino. Un proceso lento, quizás imposible, aunque había que intentarlo.

Nos miramos a los ojos, pupila con pupila, miradas directas y limpias, y nos fundimos en un beso que daría inicio al principio del fin del mundo que ahora conocemos, para dar paso a una nueva era en la que nos dominaría algo más que la sangre, en la que volveríamos a tener alma y sentimientos.

EL ABRUMADOR SONIDO DEL SILENCIO

Silencio.

Eso es todo lo que puedo escuchar en estas cuatro paredes entre las que me encuentro. No sé qué hago aquí ni cómo he llegado, ni siquiera tengo noción del tiempo.

No sé qué día es ni qué hora, ni cuánto tiempo llevo en este lugar. Solo sé que un buen día desperté aquí y, desde entonces, no he tenido contacto con nadie.

Soy una persona normal y corriente que vivía una vida rutinaria hasta que ocurrió esto.

A veces, para no sentirme sola, imagino que estoy rodeada de más habitaciones como la mía y que en cada una de ellas hay otra persona anónima como yo, preguntándose también dónde está y el porqué de todo esto.

Me entretengo pensando que es un experimento, que hay alguien observando la conducta que cada uno de nosotros tenemos hacia el aislamiento y la reclusión en condiciones desconocidas.

Mi habitación es blanca, totalmente blanca y no hay ni un solo adorno, ni un solo mueble. El suelo es acolchado y hace las veces de cama. Solo hay dos orificios en este cuarto, uno pequeño en la pared que ahora tengo a mi derecha, que se abre tres veces al día y donde una mano metálica deposita una bandeja de comida. El otro es una puerta que lleva a un pequeño servicio sin ventanas, también de color enteramente blanco, sin ni siquiera un espejo.

Cuando despierto cada día, el aseo está impecablemente limpio y ordenado, con un juego de toallas y una muda de ropa, por lo que sospecho que hay algún tipo de entrada que no veo y que da directamente a este pequeño baño.

Las luces se encienden y apagan en lo que creo que será una sincronización con el día y la noche, pero solo puedo suponerlo, porque aquí las horas, los minutos y los segundos no se perciben de igual forma que en el exterior, no avanzan de la misma manera.

Echo de menos un libro, una televisión o un ordenador, pero aquí no hay nada. Mi única distracción son mis propios pensamientos y, a veces, son tan cíclicos, tan repetitivos, que me aburren.

Mi ropa también es blanca. Un pantalón y una sudadera que me reemplazan cada día por otra idéntica que dejan en el baño.

Me pregunto si mi familia me estará buscando, si se preguntarán dónde estoy, si estarán sufriendo. Pensar en eso hace que se me forme un nudo en la garganta porque les echo mucho de menos y me siento tan sola...

Los primeros días apenas podía conciliar el sueño, pero ahora duermo hasta que se encienden las luces y tengo la teoría de que, dentro de la cena, hay algo más que hace que duerma.

En ocasiones me acerco lo más que puedo a la pared para intentar escuchar a través de ella, pero nunca me llega ningún sonido, solo silencio. Es abrumador.

Es indescriptible la sensación de no oír nada más que los seis golpes metálicos al día de la apertura de la portezuela de la comida. Tres al abrirse y tres al cerrarse.

Y no hay más.

Hay momentos en que palpo mi cara, mi pelo, mi cuerpo... como para cerciorarme de que estoy aquí, de que estoy viva y de que recuerdo cómo soy, porque en mi memoria comienza hasta a desdibujarse mi propio rostro.

Rezo porque se produzca un mínimo cambio, el que sea, algo que marque la diferencia con los interminables días anteriores. Pero de momento no ha ocurrido nada.

Me concentro en traer a mi mente mis últimos recuerdos de una vida normal, de aquello que era mi existencia antes de ahora.

Soy administrativa y recepcionista en un taller de coches, así que nunca me faltan ni el trabajo ni los piropos. Dedico diez horas al día a estar allí y, después de cinco años, sigo tan contenta como el primer día que crucé la puerta para hacer una entrevista.

Mi jefe, Amalio, es el hombre más bonachón con el que me he cruzado nunca y me trata como a su propia hija. Siempre encuentra ocasión para premiar mi trabajo con algún dinerillo extra que me viene de perlas para mantener mi apartamento.

Es una vivienda pequeña no lejos del taller. Salón–cocina, una habitación y un baño. Muy luminoso. Muy antiguo, aunque le he sacado partido y he conseguido crear un ambiente íntimo y acogedor.

Me esmeré en decorarlo y en hacer alguna pequeña reforma para lavarle la cara. Sinceramente, estoy contenta con el resultado obtenido.

De lo que más orgullosa estoy es del armario de cuatro puertas que recorre por completo una de las paredes de mi habitación.

Adoro la ropa. De hecho, de vez en cuando abro de par en par todas las puertas y me siento en la cama para contemplar la alineación de perchas surtidas de pantalones, faldas, blusas y vestidos, todo perfectamente planchado y organizado por colores.

Mi vida se reduce por ahora a estar de lunes a sábado entre el taller y mi apartamento. Los domingos visito a la familia o quedo con los amigos o me encierro en mi casa para disfrutar de un merecido día de descanso.

Y no hay mucho más que contar. Llevo una vida sencilla, pero feliz.

El ruido de la portezuela indicando que es la hora de la comida, me trae de vuelta al presente como si saliese de una regresión.

Vuelvo a mis paredes blancas y a mi silencio y lo lamento, porque el recuerdo de mi vida pasada estaba siendo una válvula de escape a mi actual existencia.

No me gustan estos días blancos, pero me estoy acostumbrando a ellos, o al menos hago todo lo posible para adaptarme a algo que no puedo controlar ni sé cuánto va a durar. ¿Para siempre?

Me recorre un escalofrío y casi me atraganto con la comida al tener este pensamiento.

Los primeros días de encierro lloré y grité hasta desgañitarme. Recorrí milimétricamente paredes y suelo en busca de una salida, pero no encontré nada y acabé desistiendo.

Los primeros días tenía miedo, barajé la opción de un secuestro, de que quisieran matarme o torturarme o robar mis órganos.

El miedo no se va del todo, aunque aprendes también a vivir con él y a esperar que pueda pasar cualquier cosa.

De momento, lleve el tiempo que lleve aquí, nadie ha intentado hacerme daño. Ni siquiera ha habido un rostro o una voz que se haya dirigido a mí para explicarme nada.

Quien o quienes me tengan aquí encerrada, de momento están observando mis movimientos, estoy segura. No sé con qué fin, no sé quién está ahí detrás, pero sé que hay alguien mirando en silencio, en la sombra, todo lo que hago.

Acabo la comida y dejo mi bandeja en el mismo sitio del que la he cogido, esperando a que esa mano de metal se la lleve para devolvérmela otra vez llena en unas horas.

Cuanto añoro los días en que me metía en mi cocina para preparar un buen plato de pasta, de pescado o de verdura, ya fuese sola o en compañía.

Pedro me agarra por la cintura mientras remuevo la pasta en el fuego. Me hace reír y me besa el cuello. No puedo evitar darme la vuelta y darle un abrazo y un beso, aún con la cuchara de madera en la mano.

Me gusta cocinar para él las escasas veces que vuelve a España porque siempre que lo hace, se queda conmigo.

Hace tiempo que se fue a Francia por motivos de trabajo y entonces decidimos dejar nuestra relación en *standby*, con una especie de acuerdo tácito en el que los dos somos libres de rehacer nuestras vidas. Pero de momento ni él ni yo lo hemos hecho y, una o dos veces al año, cuando él regresa a su país de origen, siempre acabamos, sin remedio, viviendo días de amor bajo las sábanas, compartiendo cada minuto que podemos en una convivencia pacífica que nos llena, que nos entusiasma.

La despedida siempre es dura, siempre hay unos días de transición en los que tenemos que obligarnos a dejar de escribirnos por un tiempo hasta que nos amoldamos de nuevo a nuestra distancia.

Le quita el agua a los espaguetis mientras yo acabo con la salsa boloñesa y, entre los dos, lo servimos en platos y lo espolvoreamos con abundante queso rallado. Con sendas bandejas nos desplazamos a la mesa y, entre espaguetis y besos, devoramos el primer plato.

Meterme en la ducha o ir al baño los primeros días era un suplicio. Saber que alguien muy posiblemente iba a verme desnuda sin mi expreso consentimiento, hacía que no quisiese ni lavarme, pero llega un momento en que no te queda más remedio, porque lo necesitas, porque te sientes sucia, aunque la sensación sea de que estás como en Gran Hermano, donde un ojo espía te vigila para que todo el mundo observe, opine y juzgue.

Y acabas perdiendo el pudor y la vergüenza, porque no te queda otra. Ahora ya lo hago de forma mecánica, a veces hasta me olvido de que probablemente hay alguien en alguna parte que me mira.

La ducha se enciende sola dos veces al día y, o aprovechas esos momentos, o pierdes la oportunidad de poder asearte. Por suerte, el lavabo no está controlado y se conecta de forma automática en cuanto acercas las manos.

Alguien se ha tomado muchas molestias en montar todo esto. Imagino otra vez una gran nave industrial dividida en infinidad de habitaciones iguales a la mía y, en cada una de ellas, una persona tan aislada y tan confusa como yo.

En algún lugar habrá una sala de control llena de monitores, siguiendo nuestro día a día y tomando apuntes de nuestras reacciones, no sé con qué objetivo, pero ha de ser algo así.

Me esfuerzo por recordar lo último que ocurrió antes de despertarme aquí.

Domingo. Un día anodino, sin nada destacable que mencionar. Me levanto tarde, me preparo un café y un *croissant* a la plancha con mermelada de fresa y desayuno frente al ordenador mientras actualizo mi correo.

Cuando acabo, pongo música y me meto en la ducha para activarme un poco. Pego un repaso a la limpieza de la casa y me tumbo en el sofá a ver una película. Y después otra, y otra. Es un día de estos que no me apetece otra cosa que no hacer nada.

Entre película y película, como una ensalada y un yogur. Es un día perdido que, sin que apenas me dé cuenta, va llegando a su fin. Malceno un sándwich de Nocilla y decido irme pronto a la cama, porque al día siguiente es lunes y toca madrugar.

A las once de la noche apago la luz y me sumerjo plenamente en el terreno de los sueños.

Es triste pensar que el último día de tu vida real fue así de vacío y de simple, sin nada apreciable que evocar.

Mi último recuerdo es dormirme y, el siguiente, despertarme en esta habitación blanca. Entre medias no me di cuenta de nada, no sé qué ocurrió y no creo que pueda averiguarlo nunca, aunque me quema la intriga por dentro.

¿De qué forma habrán podido trasladarme aquí sin que haya apreciado el cambio? Es un misterio, al igual que el motivo por el que he sido elegida y cuál será mi destino. Aguardo un momento en que algo, bueno o malo, ocurra y ponga fin a todo, algo que me dé alguna respuesta al menos a mis múltiples preguntas. Un rostro, una explicación, lo que sea que me haga entender mi cautiverio.

Me angustia el hecho de pensar que tal vez muera aquí con las dudas sin despejar, quizás incluso dentro de mucho tiempo, cuando ya todos fuera se hayan cansado de buscarme y esperarme.

Espero, espero y solo espero. ¿Es que puedo hacer otra cosa? Ya he perdido la esperanza de salir de aquí con vida y, una vez pierdes eso, hay pocos estímulos para continuar luchando por algo, para seguir adelante, porque no tienes un punto claro al que dirigirte, no hay objetivos, solo desidia. Cuando toda tu vida se reduce al momento en que oyes el agua de la ducha o como una portezuela se abre y se cierra, cuando no tienes más compañía que tus propios pensamientos y, en ocasiones, hasta parece que se te ha olvidado hablar porque ya no tienes con quien hacerlo... Entonces te abandonas a lo que te han impuesto y vas dejando de pensar en lo que el futuro te depara, porque el destino elige tu camino y tu final y el mío me ha llevado a una habitación blanca donde vivo atrapada día tras día sin saber si ha pasado mucho tiempo o si acabo de llegar.

El sonido del silencio es abrumador y me está volviendo loca.

Cuando se encienden las luces, yo estoy tan profundamente dormida que me cuesta abrir los ojos. Me esfuerzo por despejarme, porque sé que no tardará mucho en conectarse la ducha y me apetece meterme bajo el chorro de agua.

Doy unos pasos por la habitación para desentumecerme y después me dirijo al baño donde, impaciente e inquieta, me voy quitando la ropa. Cuando el agua comienza a salir, yo ya estoy debajo esperando. Cierro los ojos y dejo que resbale por mi piel sintiéndome aliviada, aprovechando estos pequeños momentos en que me olvido un poco de todo.

Me quedo allí hasta que el agua deja de salir y, tras secarme enérgicamente, me visto con el uniforme blanco y limpio que me han dejado, y vuelvo al suelo acolchado de mi habitación a comenzar un nuevo día.

Hoy me embarga la indiferencia y el pasotismo, me da igual todo, simplemente quiero sentarme a esperar que pasen las horas y que las luces se apaguen de nuevo. Y así un día tras otro, tras otro. Todos iguales, días blancos donde no hay nada diferente, donde nada tiene sentido para mí.

Hoy tengo ganas de llorar por aburrimiento, por aceptar este destino incierto que alguien ha decidido por mí y me ha impuesto.

Desayuno, como, ceno y, entre medias, pienso.

Me despierta un *clic* que no sé de dónde proviene. Las luces están apagadas y me cuesta unos segundos adaptar mis ojos a la oscuridad.

Es un *clic* que no había oído nunca. Un *clic* audible, como un golpe de algo al caer y estrellarse contra el suelo.

Me siento confundida y no sé si moverme o si quedarme donde estoy. De pronto, un hilo de luz se cuela por una de las paredes de la habitación y el corazón me da un vuelco en el pecho. Me pongo de pie de un salto y, con miedo, me dirijo hacia esa pequeña rendija que proyecta una diminuta luminosidad sobre mi habitáculo.

Cuando estoy más cerca, me doy cuenta de que es una puerta que estaba perfectamente camuflada en la pared, tanto que, a pesar de mis investigaciones minuciosas de los primeros días, había pasado totalmente desapercibida.

Me da tiempo a pensar el porqué de esa puerta abierta, por qué ahora, si será una trampa, si será un experimento más. Lo pienso brevemente y avanzo hacia ella colando por el orificio mis dedos y tirando para abrirla del todo.

Me encuentro en un largo pasillo inundado de luz, salpicado por una hilera de puertas por las que, despacio, van asomando cabezas tan asustadas como la mía. Nos miramos unos a otros sin saber muy bien cómo reaccionar. Ninguno nos atrevemos a hablar, aunque nos morimos por hacerlo mientras nos abrazamos al resto de desconocidos y nos echamos a llorar.

Vamos poco a poco formando una piña de personas desesperadas, pero esperanzadas y se nos escapan las primeras palabras. Monosílabos, frases cortas y casi incoherentes, como si estuviéramos aprendiendo a hablar de nuevo. Hasta que, de forma atropellada, decidimos llegar al final del pasillo y ver qué nos depara la puerta que vemos al fondo, una puerta que quizás, con un poco de suerte, sea por fin nuestra salida al mundo.

A pocos kilómetros de distancia alguien observa todo lo que está sucediendo mientras informa de lo que los monitores de televisión que tiene enfrente le muestran.

—Han salido todos... Sí... Todos... 8 parece haberse puesto a la cabeza del resto, 25, 12, 31 y 32 le siguen de cerca, el resto son como ovejas perdidas detrás de ellos... Sí... Corto comunicación por el momento.

El hombre observa cómo un grupo de cincuenta personas avanza por el largo pasillo para alcanzar la puerta situada al fondo. Cincuenta personas que llevan dos meses en total aislamiento, sin saber lo cerca que estaban de más gente como ellos. Hasta ahora.

Fijamente mira las pantallas que tiene delante para no perderse detalle, estudiando reacciones, viendo cómo la reclusión ha mermado las capacidades de unos y ha agudizado las de otros, cómo poco a poco iban cambiando las expresiones de sus caras.

Fueron elegidos teniendo en cuenta muy pocos factores que, el organizador, un personaje caprichoso, les comunicó sin darles sus razones. La mitad de hombres y la mitad de mujeres. Sus apellidos debían comenzar por la letra L, tenían que vivir en un número par y su edad debía ser par igualmente, con buen estado de salud.

Y así, casi al azar, uno a uno fueron seleccionados y estudiados durante meses antes de secuestrarles de sus propias camas en el día X: el 4 de noviembre.

Apenas sabía más del juego, solo que se le encomendó vigilar a todos y cada uno de los elegidos, e informar puntualmente de sus movimientos y de cualquier novedad o cambio que observase en ellos.

Vio como los primeros de la fila llegaban a la puerta e intentaban abrirla. Estaba cerrada, no podrían atravesarla.

Acababa de empezar la segunda parte del juego.

Cuando colgó el teléfono, sonrió satisfecho fantaseando sobre cómo se desenvolverían a partir de ahora. Pocos entenderían su mente enfermiza y retorcida, pero siempre había tenido la necesidad de dominar a los demás, de controlarlos, de verles sufrir y analizarles.

Cuando era pequeño, cazaba ratones y los encerraba en jaulas, privándolos de luz o de comida, haciendo pequeños experimentos para ver cómo reaccionaban, sintiéndose superior porque él era el único que dominaba la situación.

Con el paso del tiempo, los ratones le sabían a poco y necesitaba más.

Comenzó secuestrando a una compañera de clase y, como si fuera un ratón, la encerró y la estudió, pero no tuvo el cuidado suficiente y ella se quitó la vida. Le echó la culpa a los números impares, ya que era una sola víctima y la dirección donde estuvo encerrada fue el número once de una calle perdida en un barrio del extrarradio.

Sintió la necesidad de hacer más, quería tener el poder de dominar y fue así como, poco a poco, durante varios años, se fraguó en su cabeza una idea para la que empleó mucho tiempo. Quería que todo funcionase a la perfección, no quería que esta vez se le escapase nada. Y este proyecto ambicioso fue lentamente tomando forma hasta que se sintió preparado para llevarlo a cabo, hasta que, después de repasarlo innumerables veces, comprendió que era un plan infalible.

El dinero lo compra todo y él se encargó de emplearlo bien para conseguir lo que necesitaba.

Hacía dos meses que el plan se había puesto en marcha, justo el día de su cumpleaños, para hacerse un regalo, el mejor de su vida.

Recibía, una vez a la semana, las grabaciones de sus enjaulados y repasaba las cintas una y otra vez, día y noche, anotando, en lo que él llamaba su «cuaderno de bitácora», lo que observaba.

Ahora les esperaban dos meses más recluidos, esta vez en compañía, pero igualmente aislados en un lugar perdido del mundo.

Cogió de la caja fuerte la última cinta de la número 8 y la observó desnuda en la ducha aguardando con impaciencia que el chorro de agua se conectase y comenzase a mojarla.

UN LABERINTO HACIA EL MIEDO

La oscuridad se cernía de forma desconsiderada sobre el bosque desierto. Decenas y decenas de árboles se extendían más allá de donde me alcanzaba la vista, en una sucesión interminable de madera y hojas que se deslizaban al concierto que tocaba el viento.

De entre las nubes, asomó de pronto una gran luna llena con tintes amarillos que proyectaba su luz fantasmagórica sobre el terreno aportando la poca claridad de la que podría disponer en esos momentos.

Aproveché para avanzar casi a trompicones, dando unos pasos desesperados para luego detenerme y mirar en todas direcciones presa del miedo. Otro avance, más miedo y así, aterida de frío y de terror, con la única compañía de los árboles y la luna, me fui abriendo paso en ese inmenso bosque laberíntico buscando la salida.

Como una bendición del cielo había llegado la propuesta de mi tía Orieta de pasar las vacaciones de verano en su casa. Era una vivienda de dos plantas cubierta en la parte trasera casi en su totalidad por la hiedra, con un gran porche donde poder acomodarse a hacer cualquier cosa, un pequeño huerto y una acequia donde disfrutar del baño.

Hacía años que no visitaba esa casa en la campiña, pero guardaba buenos recuerdos de ella y de Orieta. También de sus tartitas saladas y de los opulentos desayunos en la gran cocina de fogones antiguos.

Era como vivir en otro tiempo, te hacía sentir lejos de todo y yo necesitaba precisamente eso. Estaba triste y cansada, mi primer amor había resultado ser mi primer fraude y mi mejor amiga había demostrado que no lo era tanto. Ahora precisaba perderme para olvidar y curar heridas.

Llené una maleta con más libros que ropa y cogí el primer tren de la mañana, que me llevaría hasta el pueblo más cercano a mi destino. Allí me recogería Bruno, el hombre que toda la vida había permanecido al lado de Orieta ayudándola en todo.

Me esperaba un largo viaje, así que me recosté en el asiento y me sumergí en las páginas de *Madame Butterfly* durante unas horas.

El trayecto desde la estación hasta la casa lo hicimos casi en silencio. Bruno era hombre de pocas palabras y, además, yo necesitaba estar atenta al paisaje que nos rodeaba. Era tan distinto a la ciudad...

No estaba acostumbrada a tanto verde, a tanta paz y tranquilidad. Se podía respirar en el ambiente algo distinto a la contaminación que inundaba mis fosas nasales cada día cuando salía de mi hogar a la calle.

De verdad quería esto. Y me deleité todo lo que pude en aquel paisaje que se me antojaba de ensueño, observando las irregularidades del terreno, los llanos, los montes, los tupidos bosques...

En ese momento pensé que podría quedarme a vivir allí para el resto de mi vida.

La casa estaba tal y como la recordaba. Grande, lustrosa, aislada, preciosa, con una presencia imponente recortándose en el cielo.

—¡Mi niña!

Orieta sí había cambiado. Los años habían hecho mella en ella, pero ni las arrugas de su rostro ni las canas que salpicaban aquí y allá su pelo castaño podían ocultar la gran belleza de sus rasgos y de sus tremendos ojos verdes.

Me estrechó entre sus brazos sin apenas dejarme espacio para respirar y me cubrió de besos antes de coger mi cara entre sus manos y mirarme fijamente con el ceño fruncido. Sus ojos parecían traspasarme y leerme como un libro abierto.

—Tú tienes mal de amores, querida. Esos ojillos tristes y esas ojeras te delatan. Esto se te va a curar este verano, palabra de tía. Vamos a la cocina, te he preparado unas tortitas.

Y cogiéndome de la mano, me llevó directamente a la cocina donde el buen olor lo impregnaba todo.

Por un momento se me olvidó mi vida y solo pensé en aquellas tortitas de las que estaba ya disfrutando antes de llevármelas a la boca.

Si en aquellos instantes hubiese sabido lo que me acechaba fuera de esas paredes, probablemente habría salido corriendo o me hubiese encerrado en ellas para no salir jamás, pasase lo que pasase.

La vida en la casa era apacible. Repartía el tiempo entre mis lecturas, los chapoteos en la acequia, las largas siestas en el porche y compartir confidencias en la cocina con Orieta.

En tan solo cinco días, aquel paraje incomparable ya había conseguido abrir una brecha enorme entre mi pasado y mi presente. Lo sentía tan lejano, que ya no dolía tanto.

Mis heridas sanaban al mismo ritmo que mi alma hallaba la paz consigo misma. Iba olvidando los odios y rencores, y me dejaba absorber por la tranquilidad y el cariño que Bruno y Orieta me profesaban.

La soledad de aquel lugar, aunque me curaba por dentro, también me inspiraba cierta añoranza por explorar sus contornos, por adentrarme en sus bosques y perderme en el silencio que lo rodeaba todo.

Una sombra de misterio embargaba la casa y sus alrededores cuando caía la tarde, pegándose a ella como si fuera una capa de niebla.

Se adhería a la piel como una especie de hormigueo y despertaba en mí deseos cada vez más insistentes de dejarme llevar hasta donde mis pies quisiesen transportarme. Nunca hice partícipe de estos pensamientos a mi tía porque sabía que no comulgaría con ellos, pero yo los albergaba en mi interior y les daba cobijo, dejándolos crecer y arraigarse cada vez con más fuerza. Me llenaron por completo y me convertí en su presa, en una esclava obediente que cedió a sus instintos y decidió, una tarde de julio cubierta con un cielo especialmente azul apenas sin nubes, dirigir sus pasos vacilantes por el sendero que, saliendo de la casa, se dirigía al bosque.

Al principio me dejé guiar por un espíritu de aventura desmedida y me dediqué a empaparme del misterio y del silencio.

El bosque era mucho más grande de lo que inicialmente me había imaginado. Nadie había escrito en mi genética la palabra miedo y seguí adelante, no sé si por ciencia infusa o impulsada por unas alas invisibles que me llevaban sin que yo pudiese hacer nada.

Y me perdí. Me perdí sin remedio entre la profusa vegetación, toda idéntica, que no me aportaba ninguna pista de si tomar un rumbo u otro.

El peso aplastante de la soledad me cayó encima como una losa y entonces, solo entonces, empecé a pensar en los peligros que podían caer sobre mí cuando la noche me cubriese por completo.

El silencio se rompió con una especie de chasquido que hizo que mi pulso se acelerase y, de pronto, sentí con toda claridad que alguien o algo me observaba desde alguna parte. La sensación me recorrió la espina dorsal provocándome un escalofrío y comencé a dar vueltas sobre mí misma buscando entre los árboles una presencia.

—¿Hola? ¿Hay alguien? ¿Hay alguien ahí? ¿Hola? ¿Quién eres?

Era como si, de pronto, el tiempo se hubiese detenido solo para mí. Una brizna de viento me sacudía ligeramente el pelo mientras seguía oteando en todas direcciones en busca de unos ojos espías, pero la búsqueda fue en vano y, a pesar de no encontrar nada, seguía teniendo la certeza de ser observada.

La noche se abría paso en el cielo y yo estaba en mitad de ninguna parte, rodeada de árboles y más árboles que parecían extender sus ramas hacia mí para alertarme de algún peligro inminente.

Un sonido como de cuchillos cruzándose rasgó el aire y, por primera vez en mi vida, sentí realmente miedo, o más bien pánico. Me encontraba totalmente desprotegida y sola, aunque no tan sola como me gustaría.

Alguien jugaba conmigo desde las sombras y yo perdía los pocos nervios que me quedaban en pos de un estado de ansiedad que me iba consumiendo.

Eché a correr por puro instinto, sin saber hacia dónde, sorteando los troncos de los árboles y la vegetación silvestre como podía, pero alejándome todo lo que era capaz del foco de mi terror, sin sospechar siquiera que estaba más pegado a mí de lo que quisiera.

Y corrí, corrí y corrí hasta que no me quedaron fuerzas.

Al llegar a un claro, bañado de forma intermitente por la luz de la luna, me detuve un momento a tomar aire. Respiraba de forma entrecortada y me latían las sienes hasta dolerme. El miedo que sentía no me dejaba pensar y mucho menos me permitía desechar la idea de que quizás todo fuese fruto de mi imaginación.

Lo que había en ese bosque conmigo no lo sabía, pero no estaba sola y, por más que intentaba huir hacia alguna parte, por más que intentaba encontrar la salida y volver al amparo de la casa de mi tía, solo tenía la sensación de que cada paso que daba me acercaba más hasta el precipicio.

Oí claramente como dos hojas de acero chocaban en el aire y el corazón casi se me para en ese momento. Y volví a iniciar una carrera desbocada mientras de mis ojos brotaban lágrimas de desesperación que el viento secaba sobre mis mejillas.

El sonido de cuchillos se reproducía una vez, y otra, y otra, como si un eco infinito lo repitiese sin descanso. Y, de forma desesperada, avancé empujada por el miedo que no me dejó ver lo que tenía delante hasta que fue demasiado tarde.

Cuando reaccioné y quise detenerme, ya no fue posible y caí rodando, sintiendo en mi cuerpo como las rocas me magullaban.

Cuando llegué al suelo, apenas podía moverme. Herida y dolorida a partes iguales, no era capaz ni de abrir los ojos.

Intenté incorporarme, pero no era capaz. Tanteé mis brazos y mi cuerpo como pude y noté al tacto los cortes y una humedad viscosa en algunas zonas. Sangre.

Conseguí entreabrir un poco los ojos, lo suficiente para ver una sombra que se acercaba y, poco después, sentí algo sobre mí, algo que me aprisionaba contra la tierra. No me atrevía a gritar ni a mover un solo músculo, estaba paralizada de miedo. Sentía que me olfateaba y me rozó levemente el rostro.

Mi corazón corría desbocado a punto de salírseme del pecho y me esforcé de nuevo en abrir los ojos para averiguar si aquella forma indefinida, que tenía sobre mí, era un animal o un hombre.

Cuando finalmente conseguí abrirlos y adecuarlos un poco a la oscuridad, lo vi, a horcajadas sobre mi pecho olfateando mi cuerpo. Solo pude fijarme en unos dientes afilados que salían de su boca y que hicieron que, sin poder evitarlo, perdiese el conocimiento.

La habitación en la que me despierto es muy rústica, toda hecha de madera sin tallar y con poco mobiliario, aunque sin que se aprecien grandes carencias. Es un espacio que no define a su dueño, no hay ningún detalle que le aporte alguna particularidad, ninguna foto, ningún adorno, solo lo necesario. La cama en la que permanezco tumbada, una mesilla, una cómoda y una palangana con agua; una pieza muy antigua, sin duda.

En la misma habitación hay una pequeña puerta que lleva a un aseo que solo cuenta con un váter antiguo y una especie de ducha improvisada: un barreño enorme en el suelo y la boca de una manguera que sale de un orificio de la pared y que está anclada a ella.

No hay espejos, ni luz artificial, ni un reloj que me indique la hora. Ignoro el tiempo que llevo aquí y quién es mi carcelero, pero cada vez que recuerdo esos dientes aguzados que vi en el bosque, me sacude un escalofrío como si fuese una descarga eléctrica.

Quizás no vi lo que creí ver, quizás alguien me recogió en el bosque y me trajo a su hogar para cuidarme. Pero entonces, ¿por qué me encuentro encerrada?

Estoy llena de rasguños y posiblemente en pocos días me cubra de moratones verde azulados. Me duele el cuerpo de la tensión, de la carrera, de la caída.

Me siento en la cama a esperar. No sé qué espero ni a quién, pero no puedo hacer otra cosa que aguardar una respuesta a mi cautiverio.

Cuando finalmente se abre la puerta, la figura que contemplo me devuelve a mis pesadillas y me desmayo de nuevo.

No sé los días que han pasado, pero a través del diminuto ventanuco de la pared he visto sucederse varias veces al sol y la luna.

Mi carcelero, a pesar de su grotesco aspecto, me cuida. Tiene apariencia humana, pero su desorbitada estatura, sus manos grandes, su cuerpo excesivamente cubierto de vello y unos dientes prominentes que parecen cuchillos, hacen que parezca más un animal que un ser humano. No habla, solo emite sonidos guturales, pero me entiende perfectamente cuando le digo algo.

Cada tarde viene cargado de un libro y lo empuja hacia mí para que lea. Su biblioteca se compone tan solo de una novela, *Crimen y castigo,* de Dostoyevski, y me hace leer un día tras otro, sin cansarse.

Voy perdiéndole un poco el miedo, pero no olvido que estoy encerrada y, cuando aludo a este hecho, se enfada y se marcha dejándome otra vez sola.

Junto a él me siento como los personajes de *La Bella y la Bestia*, solo que sé que él no va a convertirse nunca en príncipe.

He perdido la cuenta de las veces que he leído las seiscientas ochenta y ocho páginas del libro.

Echo de menos mi vida en la ciudad, a mi tía y el olor de sus tortitas, el silencio de Bruno y los baños en la acequia. No me acostumbro a esto y él me descubre varias veces llorando desconsoladamente sobre mi almohada.

Me mira sin entenderme. Creo que él no ha conocido otra cosa que esos bosques y no alcanza a comprender que pueda anhelar algo con tanta fuerza que me haga llorar.

En esos momentos, se sienta a mi lado a observarme mientras entrechoca sus manos enérgicamente en señal de nerviosismo y no se calma hasta que yo me tranquilizo.

Sueño con escapar de allí y volver a mi casa, a mi contaminación, a mis buenos y malos amigos, al ruido…

Me pregunto si alguna vez podré hacerlo o si tendré que quedarme aquí para siempre.

Hemos cambiado de estación o estamos próximos a hacerlo, porque los días se me hacen más cortos y la temperatura ha descendido.

Una mañana, al despertarme con la claridad exterior, hallo la puerta de mi cuarto abierta invitándome a salir. Salto de la cama sin apenas pensarlo y la cruzo como una exhalación, atravesando una pequeña sala de estar para encontrarme casi de inmediato fuera, respirando aire puro, viendo por primera vez el lugar en el que llevo viviendo tanto tiempo.

Estoy tentada de huir, de salir corriendo, pero recuerdo el día que me trajo aquí y me detengo, sopesando mis opciones. Si escapo, vagaré perdida por el bosque, tan espeso, tan laberíntico, que seré incapaz de salir de él por mí misma y, a estas alturas, no creo que ya nadie esté buscándome, posiblemente me hayan dado por perdida.

Y tomo una decisión tan irracional como lógica. Vuelvo sobre mis pasos y entro en la casa de nuevo, sabiendo que el destino me ha abandonado en medio de este bosque para que permanezca aquí por tiempo indefinido.

Pongo en mi regazo *Crimen y castigo* y comienzo a leer en voz alta aprovechando la luz del día.

FUNDIDO A NEGRO

Las cosas nunca son tan fáciles como a los demás les parece. Hay que estar en mi piel y mis zapatos para notar lo que duele cada segundo y cada pisada del camino.

Los días son de un extraño color negro últimamente y no soy capaz de cambiarles el tono ni aunque me lancen un arco iris a la cabeza.

Desde que ella se marchó por esa puerta, me fui dejando resbalar un poco más cada día hasta acabar totalmente desparramado en el mundo. Así me siento. Tambaleante, difuso, vacío, oscuro y gilipollas. Sobre todo muy gilipollas, porque yo, y solo yo, tuve la culpa de que ella llenase esa maleta con sus cuatro cosas y me abandonase para siempre sin ni siquiera mirar atrás.

Yo la vi marchar y, en cuanto cerró la puerta tras ella, hubo un fundido a negro que no se desvaneció hasta unos segundos después.

Fue una sensación extraña, como si no fuese mi vida, como si estuviese viendo una película y acabara de presenciar una de estas escenas lacrimógenas que te ponen el corazón en un puño y te hacen estremecer en el asiento.

Después de ese fundido a negro, ya nada volvió a ser lo mismo. Empecé a ver mi vida desde fuera, como si perteneciese a otra persona, como si yo no fuese más que un actor interpretando un personaje.

Lo peor de todo es que no sé cómo abandonar esta película y me empeño en interaccionar con ella y en dejar de ser el protagonista. Pero no hay manera, así que estoy aprendiendo a despertarme en blanco y negro o a verme subtítulos cuando me afeito solo frente al espejo y pienso en algo que no expreso en voz alta.

Otra de las cosas malas es que apenas hay acción, esto es más bien un drama. No sé quién demonios ha escrito el guion, pero no me deja cambiarlo.

A lo mejor esto no es más que un sueño largo. Vale, ya está siendo demasiado largo, porque llevo un mes y medio en esta tesitura.

Mis amigos dicen que lo que necesito es un psicólogo, o mejor un psiquiatra que me medique y me cambie el ánimo, que me ayude a ver las cosas como son. Ellos dicen que todo está en mi mente y que no ven esas nubes blancas con letras que salen de mi cabeza cuando tengo pensamientos delante de alguien.

Pues yo veo esas nubecitas pululando sobre mí, tan perfectas, con todas sus curvas iguales, que se van cargando de contenido según avanzan mis pensamientos. Me gustan estas nubes especialmente cuando me enfado, porque se llenan de signos ininteligibles, de esos que me suena haber visto en las viñetas de los cómics.

No siempre es divertido. A veces, cuando pretendo salirme del guion, me doy de bruces contra una pared invisible y me veo a mí mismo como un muñeco de mimo aplastando la cara contra el vacío e intentando buscar una salida en el aire.

Mi madre dice que tengo que aceptar de una vez por todas que el abandono de Irene me ha afectado mucho y que lo que tengo que hacer es poner los pies en la tierra y dejarme de tonterías de niño chico, echarle un par y ponerme de rodillas si hace falta para pedirle perdón y que vuelva conmigo.

—Mamá, si fuera tan fácil…

—Qué fácil ni qué fácil. En esta vida no hay nada fácil, ya eres mayorcito para darte cuenta. Para una chica que te tenía un poco centrado, vas y la dejas escapar.

—Mamá…

—No me rechistes. ¿Y esa bobada de la película? Películas te voy a dar yo en la cabeza. Vergüenza me daría a mí tener treinta años y que tenga que echarte tu madre la bronca como si tuvieras diez. Hijo, ¿es que no vas a cambiar nunca? Me vas a matar a disgustos.

Y del enfado pasamos al llanto y empieza a salir del teléfono el mar de lágrimas de mi madre y me empapa por completo.

Ni me quejo, cualquiera lo hace.

—Venga, mamá, no seas boba, no llores. Vengaaaaa.

Y alargo tanto la «a» que empieza a salirme una hilera de esa vocal por la boca como si fuese el humo de un cigarrillo formando virutas en el aire. Van flotando hasta que se caen por su propio peso y, a punto de estrellarse contra el suelo, se evaporan sin hacer el menor ruido.

Cuando acaba la conversación, estoy empapado de pies a cabeza y tengo un cabreo considerable después de escuchar la perorata.

Son casi las diez de la noche y mi estómago demanda que lo alimente. Me dirijo a la cocina sabiendo lo que me espera. Mis momentos culinarios son como un programa de la tele.

Mientras cocino, extraordinariamente bien, por cierto, voy explicando como si alguien me escuchase cuáles son los ingredientes y el proceso de elaboración, haciendo para finalizar un emplatado perfecto que miro con una sonrisa Profident.

Hágalo usted mismo en su casa. Es sencillo y está exquisito, su familia se lo agradecerá. Disfruten de la cena.

Esta noche he tenido sueños raros, así que cuando me despierto, los tengo desperdigados por aquí y por allá por el suelo de la habitación en forma de bolas de papel.

Desenvuelvo varias y las leo para refrescarme la memoria. Algunos me hacen reír a carcajadas porque son un sinsentido.

Me viene Irene a la cabeza, no sé por qué, pero empiezo a pensar en ella. Comienzan a aparecer frente a mí momentos como si fuesen fotografías. Es una manera diferente de examinar los recuerdos, pero duelen igualmente.

Vuelvo a llamarme a mí mismo gilipollas mientras nos veo en aquellas vacaciones de Mallorca en la playa, o en aquellas otras de Ibiza de fiesta, e incluso en esas en Toledo haciendo turismo bajo la lluvia sin poder quitarnos los chubasqueros. A Irene le quedaba exageradamente grande el suyo.

Me abruman los recuerdos y más todavía al verlos allí frente a mí en esas instantáneas que van pasando delante de mis ojos como diapositivas.

Les doy un manotazo y se desvirtúan como si fueran hologramas que han encontrado un obstáculo a su paso, pero vuelven al poco a su situación original y siguen su curso.

En esta vida de drama que alguien me ha escrito, podía haber algo de diversión o de sexo. Llevo algo más de dos meses sin catar ni una cosa ni la otra y, ¿no dicen siempre que un clavo saca a otro clavo?

Como si hubiese oído mis pensamientos, Daniel me llama para pro-
ponerme salir esta noche. Le cuesta poco, porque yo estoy convencido
desde el momento en que Dani ha pronunciado en una frase la palabra
«parranda».

Es martes, pero ¿qué más da? No tengo nada mejor que hacer y parece
que mi guionista está de acuerdo conmigo.

Por fin algo de acción. A ver qué tal se da la noche.

Da la una en mi reloj cuando me reúno con Dani a la puerta de La Gioconda.

He tenido un pequeño desacuerdo con el decisor actual de mi vida, porque yo quería salir en camiseta y vaqueros y él se ha empeñado en que me
ponga unos chinos y una camisa. Tras una pequeña trifulca, me he dado
por vencido y voy hecho un pincel.

En cuanto Dani me ve, empieza la coña.

—Pero tío, ¿qué haces con camisa? Qué guapo.

—No me toques las narices, que yo quería ponerme una camiseta.

—¿Y quién te lo ha impedido, macho?

Estoy a punto de explicárselo, pero creo que mejor me lo ahorro.

—Venga, vamos dentro y que empiece la fiesta, que hace dos meses que
ni bailo.

Entramos derechos a la barra a por un par de cubatas y, en cuanto lo
pruebo, noto que eso no me sabe ni mucho menos a whisky.

El mismo color, pero...

—Dani, ¿no te sabe el cubata a agua?

—No, está bien cargadito.

Lo pruebo de nuevo. Agua con color de cubata, pero agua.

—Prueba el mío, tío.

Bebe un poco y lo saborea como si estuviese catando un vino.

—Perfecto. Me gusta cómo nos cargan aquí las copas.

—Déjame probar el tuyo.

Tres cuartos de lo mismo. Este whisky no es whisky o yo ya he perdido
hasta el gusto.

Tras pedir el segundo sin dejar de mirar como la camarera sirve los dos
de la misma botella y también los de alguno más en la barra y nadie se
queja, me doy cuenta de que mis whiskys deben formar parte del *attrezzo*.
Uno bebe en una película hasta hartarse, pero no se emborracha.

Genial. Estupendo. Maravilloso.

No tengo más calificativos. En realidad, habría soltado una larga lista de tacos, pero los tengo censurados, a mi guionista le va más lo de las palabras sarcásticas. Al menos, me deja decir gilipollas.

A Dani le va haciendo efecto el alcohol mientras yo pago copa tras copa y me las bebo por hacer algo.

Al final de la barra, una morenita que parece que no está mal, me mira. Le hago un gesto con el vaso para preguntarle si quiere que la invite a una copa y asiente mientras ríe abiertamente. Me gusta su risa.

Dejo a Dani que siga su propia fiesta y me voy a vivir a la mía.

Espero al menos que la copaza a la que voy a invitarla no sea también de *attrezzo*.

La morenita se llama Cristina y tengo que reconocer que me gusta mucho. Hay buen *feeling*, lo noto y me estoy dejando el sueldo que no gano en copas para camelarla. Si no fuera porque no se ha quejado, pensaría que lo que bebe es tan de mentira como lo mío, porque menudo saque.

Los ojos le brillan y no para de reír. Me encanta esta risa, lo juro.

Me voy acercando despacito, para que no se note mucho, hasta que su cuerpo y el mío tienen bastante roce. Y ella no se separa ni un milímetro, así que quizás el fin de fiesta sea mejor de lo que me esperaba.

Unas cuantas copas más tarde entramos en mi casa desprendiéndonos de la ropa por el camino, sin apenas despegarnos hasta que llegamos a la cama.

Caemos sobre ella como a cámara lenta, a pesar de que yo quiero devorarla a toda prisa. Creo que es el polvo más dulce y esmerado que he echado en mi vida, pero es que sino no quedaría bien en esta película.

Para mí es raro, tengo como una sensación de estafa, porque ha sido todo tan sumamente enternecedor y bonito, tan perfecto de cara a la galería, que yo me he sentido el actor de una escena de cama en una película que no es X. Cerca, cerca, pero sin que ocurra nada.

Sin embargo ha ocurrido y ella gemía de placer debajo de mí mientras yo también lo hacía, pero de una forma tan natural y tan poco natural a la vez... No sé explicarlo, aunque ahora mismo, viéndola allí tumbada junto a mí con cara de placer todavía, los dos en silencio, me siento dentro de una película muda a la que solo le falta el blanco y negro.

Cristina se queda a dormir, y a la mañana siguiente cuando despierto, sigue a mi lado. Esto es nuevo. Normalmente me abandonan en el transcurso de la noche.

Se ve que mi guionista también es romántico y no le gustan los rollos para un rato. Abre los ojos, me abraza y hacemos el amor de nuevo. Yo sigo teniendo ese sentimiento extraño al que se une otro peor. Me enamoro.

Me horroriza pensar que me está haciendo esto, que está haciendo que me enamore de una chica que acabo de conocer hace unas horas, pero me está volviendo loco y solo quiero que se quede conmigo. Ella sonríe mientras le suplico que no se vaya todavía y finalmente se queda hasta media tarde.

Ha sido un día asombroso. Asombroso y romántico.

Cristina se despide de mí con un largo beso en la boca, después de dejarme su número de teléfono móvil grabado en el mío.

A los quince minutos de marcharse, empiezan los mensajes. Y soy yo el que inicio la conversación diciéndole cuánto la echo ya de menos.

Me niego a enviarlos, pero mi dedo se desliza solo por la pantalla escribiendo cursilerías. Yo sigo el hilo de los acontecimientos sin poder hacer nada más que ser un espectador de mi propia vida.

Parece ser que Cristina y yo congeniamos a las mil maravillas, ha sido un flechazo y vamos a vernos al día siguiente.

Bonito, ¿verdad? Pues así no era mi vida.

Veinte días después, paseamos de la mano haciéndonos arrumacos y entonces cometo la locura del siglo. Le pido que se venga a vivir conmigo.

Esta película va a quedar preciosa, pero no vas a poder parar de llorar mientras la veas, porque está hecha para eso. Hasta yo tengo ganas de deshacerme en lágrimas, aunque solo me salen estúpidas sonrisas.

Cristina me besa, se abraza a mi cuello, me dice que sí como si le hubiera pedido matrimonio y cuatro días después se muda a mi casa.

Se abre la puerta y aparece en el marco Cristina con una maleta.

Fundido a negro.

MENCIONES

Sería imposible nombrar en tan solo unas líneas a todas las personas que han formado parte de mi vida. Unas siguen a mi lado, al pie del cañón, otras se han perdido por el camino, pero todas han dejado en mí su granito de arena.

Tengo que mencionar, en primer lugar, a mi familia: Agus, Eu, Sarah y Jess.

A mis padres, que siempre se han sorprendido con las historias que salían de mi cabeza. Aún hoy en día se siguen preguntando de dónde surgen.

A mi hermana Sarah, con la que comparto, además de la misma sangre, vena lectora, arteria escritora y otras aventuras. ¿Publicaremos también a la vez nuestros segundos libros? Todo es posible...

A mi hermana Jessica, que siempre será mi niña aunque siga creciendo. Es inevitable, para mí siempre serás la pequeñaja que no se soltaba nunca de mi mano. Espero que te leas más que la sinopsis.

A mis tíos. Gracias por tantos libros que me regalasteis cuando era pequeña. Ahora soy yo la que llena las páginas de este para que vosotros lo leáis.

A mis primos. Por las risas, los momentos, por haber crecido unidos a pesar de la distancia. Espero vuestras opiniones.

Mención especial a mi abuela, a la que le encantaba leer, hasta cuando ya su vista apenas la dejaba. A Lalo y a ti os buscaré siempre en las estrellas. Estoy segura de que estaríais orgullosos de tener dos nietas escritoras.

A mis amigas, a las que están cerca y a las que están lejos, que no dejan de decirme que quieren leerme. No os voy a nombrar una a una porque sois muchas y no quiero dejarme a nadie en el tintero. Además, vosotras ya sabéis quiénes sois.

A mis compañeros de trabajo, por crear el buen clima que hay siempre en la empresa, por todas esas charlas que hemos compartido y porque cuando he necesitado un cable, habéis estado ahí. Mis claroscuros también van por vosotros.

A todos esos compañeros escritores y bloggeros, y al resto de gente que he ido conociendo en mi andadura hasta llegar aquí, ya que siempre me habéis apoyado y esperabais con ansia mi primer libro. Aquí lo tenéis. Iros preparando para el segundo.

A Juanfran, por la larga (y paciente) sesión fotográfica en busca de la foto de autora para estos claroscuros. Fue difícil elegirla, casi todas eran maravillosas. No abandones nunca la fotografía, tengo muchas pruebas gráficas que demuestran que vales para ello. Desde aquí, un beso.

Y para todos los lectores que quieran navegar en mi mundo… Espero que lo disfrutéis y os quedéis con ganas de más.

A todos, gracias y besos claroscuros.

www.ingramcontent.com/pod-product-compliance
Lightning Source LLC
Chambersburg PA
CBHW051139020726
47501CB00005B/1586

* 9 7 8 8 4 9 4 3 0 1 9 3 3 *